告白予行練習
恋色に咲け
原案／HoneyWorks
著／藤谷燈子・香坂茉里　イラスト／ヤマコ

片想いは楽しいって聞いたけどそんなの嘘

辛くて涙ばかりだ
でもね――――

病名恋ワズライ

イラスト／ヤマコ

好きって
気づけた時は
…うん
嬉しかったんだ

はんぶんこして
好きって重いもん
一人じゃ重くて
持てませんのん
わーわー ナルトちょうだいっ
こーいう服 あんまり着ないけど…
うーん…
!!?
病名恋ワズライ
イラスト／ヤマコ

はんぶんこして
ドキッて想いも
特別じゃなきゃ嫌だよ
あ、あのね…
なにって。

01
05
先生の事好きですかー？
イノコリ先生
イラスト／ろこる

手を上げてない人は
居残りですよ

あの日の想いも　今日の想いも
駆け抜けてく
息を切らして　また明日を作ってく

告白予行練習

恋色に咲け

原案／HoneyWorks

著／藤谷燈子・香坂茉里

19696

角川ビーンズ文庫

本文イラスト／ヤマコ

もくじ
Contents

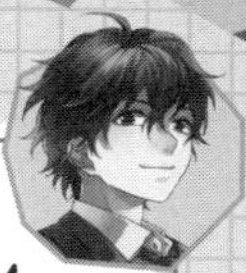

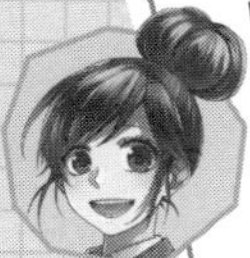

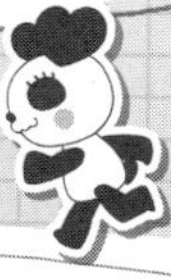

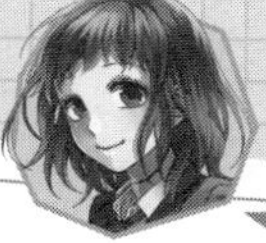

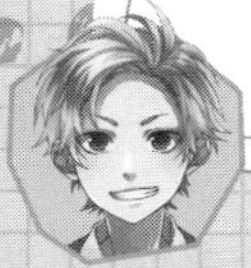

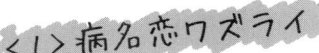

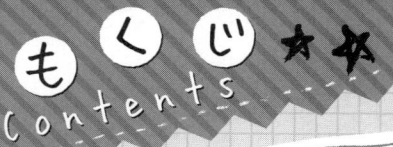

病名恋ワズライ

Text：香《こう》坂《さか》茉《ま》里《り》

name.
榎本《えのもと》夏樹《なつき》
誕生日/6月27日
かに座
血液型/O型
美術部所属。
運動とマンガが大好き。
幼なじみの優とようやく
両想いになったけど…?
name.
瀬戸口《せとぐち》優《ゆう》
誕生日/7月11日
かに座
血液型/AB型
映画研究部所属。
夏樹、春輝、
蒼太とは幼なじみ。
やさしい性格の人気者。

memory 1 ～メモリー1～

長かった、片想《かたおも》い。

榎本夏樹《えのもとなつき》が告白予行練習の末に、幼なじみの瀬戸口優《せとぐちゆう》に告白をしたのが秋のことだ。

『彼氏彼女』という特別な関係になってから初めて迎《むか》えるクリスマスは、それなりに期待するものもあり、自分なりに気合いを入れて準備を進めてきたはずだったのに――。

榎本家のリビングの、大型テレビの前に集まっているのは、優とその妹の雛《ひな》、そして夏樹の弟である虎太朗《こたろう》だ。

どこからか発掘《はっくつ》してきた昔のゲームに夢中になり、にぎやかな声を上げている。

「ちょっ、お兄ちゃん。どうしよ、あと一撃《いちげき》で死にそう。かわって、かわってーっ！」

雛があせったように声を上げると、「貸せ、下手くそ！」と、虎太朗が横からコントローラーを奪《うば》い取った。

二人がいつものように口ゲンカをしている間に、画面には『ゲーム・オーバー』の文字。

「お前ら、死んでるぞ？」

ソファーの隅《すみ》で頬杖《ほおづえ》をついていた優は、楽しそうに笑っている。

ダイニングのテーブルで、クリスマスケーキを切り分けるという使命を与《あた》えられた夏樹は、リビングの方をソワソワと気にしていた。

（ああっ、それ、私のゲームなのに、私抜《ぬ》きで盛り上がってる！）

「って、違《ちが》うから！」

思わず、夏樹は自分にツッコミを入れた。

ゲームの輪に加われないことは、大した問題ではない。

（これじゃ、去年のクリスマスと全然、変わってないじゃん！）

榎本家と瀬戸口家で一緒《いっしょ》にクリスマスパーティーをするのは、毎年恒例《こうれい》の行事だ。

雛や虎太朗、優と、みんなで過ごすクリスマスには、なんの不満もない。

ただ、今年は優の彼女になって初めてのクリスマスだ。

プレゼントも用意した。慣れない料理もがんばった。

優は大学入試を控《ひか》えているのだから、二人きりでなんて贅沢《ぜいたく》は言わない。

言わないが――。

よそ見をしながら包丁を入れると、砂糖菓子《がし》のサンタクロースの頭が見事にもげた。

「あーっ！　私のサンタ！」

ガクッとうな垂れていると、ソファーの優が振《ふ》り返る。

「夏樹？」

「な、なんでもないよ！」

夏樹はごまかすように笑ってみせた。

「ちょっと形が崩《くず》れただけだから、味は変わらないって！」

チラッと視線を向けたケーキは、四等分したはずなのに大きさはバラバラで、一個はひっくり返ってしまっている。

（……お腹《なか》に入れば一緒、だよね？）

自分に言い聞かせ、ケーキをお皿に盛りつける。

優の不審《ふしん》そうな視線に気づかないふりをしながら、「できたよ、ケーキ！」と呼びかけた。

「なっちゃん、手伝うよ」

コントローラーをおいて、雛がやってきた。それにつられて、虎太朗も腰《こし》を上げる。

「わっ、イチゴおいしそう！」

雛はうれしそうに瞳《ひとみ》を輝《かがや》かせた。

形の崩れてしまったケーキでもそう言ってくれる雛は、やっぱりかわいい。

それに比べて、だ。

「うわっ、誰《だれ》だよ、夏樹にケーキ切らせたの！」

「うるさい」

生意気な弟の頭を小突《こづ》き、夏樹は一番大きなケーキの皿を取る。

他《ほか》のケーキよりも大きめで、『メリークリスマス』と書かれた板チョコが添《そ》えてある。

虎太朗に奪われる前に確保した。

（よし！）


「優！」

ケーキの皿を両手で持ちながらリビングに向かう。

ゲーム機を片づけていた優が振り向いた瞬間《しゅんかん》、コードが足に引っかかり、夏樹は「うきゃあっ！」と悲鳴を上げた。

「夏樹！」

優があせったように立ち上がる。

気づいた時には、その胸に向かって勢いよくダイブしていた。

「うわっ、なっちゃん！」

「夏樹！」

雛と虎太朗が、同時に声を上げる。

ドタンとかなり大きな音がした割に、夏樹自身はそれほど痛くなかった。

（あ、あれ？）

ゆっくり視線を下げると、優を下敷《したじ》きにしている。

「優っ！」

「……って。気をつけろって。そそっかしいな」

痛そうに顔をしかめて起き上がった優の頭から、生クリームとスポンジが滑《すべ》り落ちた。

「ああっ、一番大《お》っきなケーキがっ！」

「心配するとこ、そこ？」

優はげんなりした顔で、顔についた生クリームを拭《ぬぐ》う。

やっちゃったよ――。

そう思いながら、夏樹はパンッと両手を合わせて頭をさげた。

「ごめん！　ほんっと、ごめん！」

「いいけど……それよりさ」

優が膝元《ひざもと》に視線を向けたので、夏樹も同じように目を向ける。

堂々と座っているのが優の上だと気づいて、あたふたしながら急いで退《ど》いた。

(私、なにやってんのーっ⁉)

いくら幼なじみとはいえ、これはさすがに恥《は》ずかし過ぎる。

正座をしてギュッと目をつぶっていると、「夏樹は？」と優がきく。

「え？　私？」

顔を上げると、優が心配そうな瞳を向けている。

「ケガ、してないか？」

「う、うん、ヘーキ！　どこもなんともないよ」

それより優の方が大丈夫《だいじょうぶ》ではない。いつも着ているシャツもクリームまみれだ。

(あ……優のお気に入りのシャツなのに)

「あんまり、びっくりさせんなよ」

そう言いながら、優が膝に手をついて立ち上がる。

「大丈夫？　なっちゃん、お兄ちゃん！」

雛がタオルを手に、駆《か》け寄ってきた。

夏樹は頭の後ろに手をやりながら、「あははっ」と笑ってごまかす。

「お騒《さわ》がせしました」

「ったく、信じられねぇ。優のケーキ、どうすんだよ」

虎太朗の言葉に、夏樹は「そうだった！」と立ち上がった。

「優は私の分、食べていいよ！　私は……サ、サンタさえもらえればいいから！」

「いーよ、別に。そんなに甘い物、好きじゃないし」

「せっかく、優が買ってきてくれたケーキじゃん。あっ、それなら、私とはんぶんこする⁉」

優がこちらを見て、ゆっくりと手を伸《の》ばしてくる。その手がポンと軽く頭に触《ふ》れた。

「ゆ……優？」

戸惑《とまど》って名前を呼ぶと、優がフッと表情を和《やわ》らげた。

「んじゃ、半分、もらう」

「う……ん」

小さくうなずくと、優は「洗面所、借りるから」と言い残してドアへと向かう。

部屋を出ていくその背中を見つめながら、夏樹は優《やさ》しい感触《かんしょく》の残る頭に手をやった。

頬《ほお》がジンワリと熱くなってきて、うつむく。

一人で舞《ま》い上がって、一人で空回りしている。それがひどく恥ずかしい。

自分ばかり、意識しているみたいで――。

(優はどうして、平気でいられるの?)

優は『告白』前も今も、あまり態度が変わらない。

だから、両想《りょうおも》いになれたはずなのに、不安ばかり大きくなっていく。


(あれから、好きって言われてないし……)

優の『好き』と、自分の『好き』は本当に同じ?

床《ゆか》の上でひっくり返っているケーキを片づけていると、雛が隣《となり》にしゃがんだ。

「はい!」

「雛……ちゃん」

差し出されたタオルを受け取り、雛を見る。

「ここは、虎太朗と私が片づけるから、なっちゃんはお兄ちゃんをよろしく」

そう言って、雛はニコッとほほえんだ。

「なんで、俺が、夏樹の後始末を」

顔をしかめた虎太朗の横腹に、雛がさりげなくひじ鉄を打ち込んでいる。

「ありがと、雛ちゃん！」

夏樹は気を取り直し、タオルを手に立ち上がる。

付き合うようになって、初めて迎《むか》えたクリスマスだ。

失敗ばかりでは優に呆《あき》れられる。

（楽しんでもらいたいし、私も——）

夏樹はその場を雛と虎太朗に任せて、優の後を追いかけた。

パーティーの片づけを終えた後、夏樹は優と雛を玄関《げんかん》まで見送る。

「じゃあ、なっちゃん。またね！」

「うん、また！」

ドアを開いて外に出る雛に、夏樹は手を振《ふ》った。

優は座って、スニーカーの靴紐《くつひも》をいつもより時間をかけて丁寧《ていねい》に結んでいる。

その寒そうなうなじに、そっと視線を向けた。

（やっぱり、マフラー、まだ買わないんだ）

立ち上がった優がこちらを向いたので、目が合う。

なにか言おうと思うのに、喉《のど》につっかえたように言葉が出てこない。

『優、時間あるなら、部屋に寄っていく？　やりたいゲームあるって言ってたよね。貸すよ』

そう言って引き止めようかと思ったけれど、考えてみれば優は受験生で、追い込みの真っ最中だ。

（ゲームなんかしてる暇《ひま》ないって！）

今日も、本当は忙《いそが》しかったのに無理をして時間を作ってくれた。

これ以上、時間は取らせられない。

優は黙《だま》ったまま、片手をズボンのポケットに突《つ》っ込んでいる。

洗ったところがまだ、乾《かわ》いていなかった。

（こんなの、やっぱり……らしくないよね！）

二人きりで過ごすことはできなかったけれど、せめて形として残るものを渡《わた》したい。

だけど、正直、自信がなかった。

色や柄《がら》も優が気に入るかどうか分からない。

(でも、やっぱり……！)

軽く息を吸い込む。

「あの、優！」

思い切って、切り出すと――。

「じゃ、帰るわ」

優の言葉と重なってしまい、夏樹は出かけた言葉をのみ込む。

「そ、そーだよね。うん、じゃあっ！」

タイミングをすっかり逃《のが》してしまい、無理に笑《え》みを作った。

玄関のドアが閉まると同時に、胸にたまっていた息を吐《は》き出す。

(今日は仕方ないって。また、別の機会もあるよ！)

自分に言い聞かせ、階段に置いていたプレゼント用の紙バッグをつかむ。

そのまま、かけ足で自分の部屋に向かった。

優は道路に出ると、夏樹の家を振り返る。

夏樹の部屋の明かりが点《つ》くのを見届けてから、ズボンのポケットに突っ込んでいた手を出した。

その手がずっと持っていたのは、赤いリボンがかかった小さな箱だ。

「受験……終わってからでも、いいよな？」

つぶやいた声が、吐息《といき》と一緒《いっしょ》に空気に溶《と》ける。

箱をポケットにしまってから、すぐ隣《となり》にある自分の家に戻っていった。

memory 2 〜メモリー2〜

年の瀬《せ》の三十日、親友の早坂《はやさか》あかりと合田《あいだ》美桜《みおう》が、夏樹の家に泊《と》まりにきた。

夏樹の両親と虎太朗は、二泊《はく》三日の温泉旅行に出かけている。

例年なら夏樹も同行するけれど、今年は友達同士で過ごしたかった。

春になれば、卒業して離《はな》ればなれになるから――。


鍋《なべ》をつつき、お風呂《ふろ》に入ってから、夏樹の部屋に移動してコタツをかこむ。

体が温《ぬく》もって、ほどよく眠《ねむ》かった。それでも、今日は夜通し起きていたい。

あかりや美桜が持ってきてくれたお菓子《かし》と、夏樹が用意したお茶やジュースがコタツの上を占領《せんりょう》している。

お菓子をつまんでいると、あかりが「それで」と口を開いた。

「結局、クリスマスはなにもなしだったの？」

きかれた夏樹は、「んー」と曖昧《あいまい》な返事をする。

「二人きりになる時間なくてさ……でも、楽しかったよ！　雛ちゃんたちと盛り上がったし」

ちょっとした失敗はあったものの、ケーキもはんぶんこして食べたし、一緒にゲームもした。

それ以上のなにかなんて、今の自分たちには贅沢《ぜいたく》な望みだ。

「それに、彼氏彼女になったからって、急には変わらないんだよね」

そう言って、夏樹はちょっと恥《は》ずかしそうに笑った。

「そういうものなのかなぁ？」

あかりがぼんやりした様子で、首をひねる。

「そうだ。なっちゃん、あのマフラーは？」

美桜にきかれて、夏樹はギクッとしてから視線を泳がせた。

「ああ、うん。あのマフラーね！」

「渡さなかったの？」

美桜の表情がわずかに曇《くも》る。

「タイミングが合わなくて……」

言葉を濁《にご》してから、夏樹は「ごめん！」と謝った。

「美桜がせっかく教えてくれたのに」

「私はいいの。それより、どうして？」

ジッと見つめられて、身を小さくした。

「だって……」

「「だって？」」

美桜とあかりの声がそろう。

二人とも、答えるまで許してくれそうにない。夏樹は観念して口を開いた。

「不格好になったかなーって……あ、ほら！　この雑誌にも、彼氏がもらって困るプレゼントランキング一位は手編みのマフラーって書いてあったから！」

夏樹はコタツの脇《わき》に投げてあった雑誌を取り、付箋《ふせん》のついたページを二人の前に広げて見せる。

『恋《こい》の参考書・これが決定版！』

表紙に、大きな文字でそう書かれていた。

この雑誌を参考にクリスマスの計画もバッチリ立てたけれど、うまくいかなかった。

だから、バレンタインにはせめて――。

「これは没収《ぼっしゅう》」

あかりの手が伸《の》びて、雑誌を取り上げる。

「ああっ、それ参考書……！」

「恋愛《れんあい》に参考書なんてないと思うよ？　なっちゃん。だって、たった一つの恋だよ？　対策は自分で立てなきゃいけないんじゃないかなあ」

「うっ……分かってるんだけどね」

初めて両想《りょうおも》いになって、初めて付き合って――。

初めてのことばかりで、どうしていいのか分からない。

優とどんな風になりたいのか、それすらよく分からないままだ。


「でも、優にあんまり重く思われたくないって言うか……」

夏樹はこたつ布団《ふとん》を肩《かた》まで引っ張り上げ、モゴモゴと口ごもる。

「重かったら……ダメ、なのかな？」

美桜がポツリともらした。

夏樹とあかりが視線を向けると、美桜はティーカップを両手で包んだまま顔を上げる。

「本気で好きになったら、重くなるのは仕方ないんじゃないのかな。それとも、なっちゃんの好きは軽い気持ちの好きなの？　そうじゃないよね？」

真っ直《す》ぐに瞳《ひとみ》を向けたまま問いかける美桜に、夏樹は「それは……」と言いよどんだ。

「一生懸命《いっしょうけんめい》に編んだマフラーがかわいそうだよ」

瞳をうっすらと濡《ぬ》らしながらうつむいた美桜に、夏樹は唇《くちびる》を引き結ぶ。


そうだ——。

（バカだ、私……。美桜の気持ち、全然分かってなかった）

美桜は、夏樹の幼なじみである芹沢春輝《せりざわはるき》のことが好きだった。

だけど、その想いは伝えないことに決めているらしい。

高校を卒業すれば、春輝は海外に留学してしまう。

夢に向かって真っ直ぐに進んでいく春輝の邪魔《じゃま》に、なりたくないと思っているのだろう。

美桜の春輝への想いは、軽くなんてない。

（私の優への気持ちも、軽くなんてないよ……）

本気だから、重い。一人で抱《かか》えきれないほどに。

これでは、まるで病気みたい。

胸が痛いのに、この痛みに効く薬はない。

両想いになって、ようやく優とその想いを一緒に持てることがうれしかったはずなのに。

今は、その想いが負担にならないか心配で仕方ない。

だから、気持ちをいっぱいにつめ込んだマフラーが、自分でも重すぎて渡《わた》せなかった。

「やっぱり、あのマフラー、優に渡すよ」

夏樹は顔を上げて、そう決意を伝える。

「本当に？」

うなずくと、美桜は「よかった」とほほえんだ。

「私のことより、あかりは？」

話を振《ふ》ると、カップに息を吹《ふ》きかけていたあかりが、「私？」と瞬《まばた》きしてきく。

「ほら、クリスマス・イブのこととか！」

あかりと蒼太《そうた》がクリスマス・イブに一緒《いっしょ》にいたことは知っている。

連絡《れんらく》も前よりよく取り合っているようで、携帯《けいたい》を手にうれしそうな顔をしていることが多い。

(なにかいいことあったんだと思うけど……あかり、自分からは話してくれないんだよね)

「私も気になるかな。あかりちゃんと望月君《もちづき》とのこと」

「ほら、美桜もこう言ってるし。ここで言っちゃおうよ！」

美桜と一緒に期待を込めて見つめていると、あかりは「ええ？」とちょっと恥《は》ずかしそうな笑《え》みを浮《う》かべた。その手は、カップをもてあそんでいる。

「それが……ね」

「うんうん！　それで？」

夏樹はうなずきながら、先を促《うなが》す。

あかりはバッグを引き寄せると、中から名刺《めいし》サイズの紙を取り出した。

「駅前のケーキショップのスタンプが、全部たまったの！」

あかりはニッコリとほほえんで、その紙を見せる。

夏樹は意味が分からなくて、「はい？」とききかえした。

あかりの天然っぷりは相変わらずだ。

「あ、望月君と通ってたんだ」

美桜が気づいて言うと、あかりはうれしそうな顔でうなずいた。

スタンプカードをよく見れば、最後に押されたスタンプの上に『12／24』と日付が書かれている。

「じゃあ、もちたと行ったんだ！」

「クリスマス限定のイチゴショート、食べたかったから……」

そう言いながらも、あかりの頬《ほお》はいつもより少し赤い。

「その話、もうちょっとくわしく聞きたい！」

「えっと……イチゴが中にたっぷりサンドしてあって、クリームはあっさりめだったよ。スポンジが特にフワフワで……」

「ケーキの話じゃないって！」

ごまかすように笑っているあかりにじれったいものを感じながらも、それ以上、きくのはあきらめた。

(絶対、なにかあったと思うんだけど……そのうち、話してくれるよね？)

あかりと蒼太も、自分たちの『恋』の答えをさがしている。

それは美桜と春輝も同じ。

自分と優も——。


ずっと、優と一緒にいたい。

この先もずっと——。

優も、同じように思ってくれているだろうか？

気がつくと、あかりも美桜も沈黙《ちんもく》していた。

思うことはきっと、一緒だ。

今のように一緒にいられる時間はあと三ヶ月ほどしかない。

卒業すれば、その後のことは分からない。


「ねえ」

夏樹が呼ぶと、二人が同時にこちらを見た。

「せっかくだし、初詣《はつもうで》、みんなも誘《さそ》わない？」

「みんなって、春輝君たちのこと？」

美桜が戸惑《とまど》ったようにきく。あまり、乗り気ではなさそうだった。

春輝と美桜は前に比べて、二人で話している機会が減った。

一緒にいても、お互《たが》いに黙《だま》っていることが多い。

だからこそ、このままではダメだという気がした。

「優ともちた、春輝の家で映画の編集作業するって言ってたから、誘えば来るよ」

「邪魔にならないかな？」

伏《ふ》し目がちにそう言った美桜に、「大丈夫《だいじょうぶ》だって！」とあえて軽い口調で答えた。

「それに、一緒に初詣できるのも……」

最後かもしれないという言葉を、のみ込む。

言葉にしてしまえば、本当に最後になってしまうような気がする。

「うん、そうだね」

あかりが笑顔で賛同してくれる。

「じゃあ……連絡する？」

美桜は自分の携帯を取り出す。

「どうせならさ！」

夏樹は二人の顔を見て、イタズラっぽく笑みを作った。


映画研究部で、卒業制作として作り始めた映画は、春輝の提案でラストのシーンを撮《と》り直したことにより、かなりスケジュールがずれ込んでしまった。

『映画が完成するまで、僕らに新年はこないよ！』

という、蒼太の気合いの入った号令によって、春輝の家に集まった三人は、それぞれが持ち込んだノートパソコンを前に、黙々《もくもく》と作業をおこなう。

ほとんどの編集は放送部の機材を借りておこなったから、あと残されているのは自宅のパソコンでも処理できる確認《かくにん》と修正作業くらいだ。

優はヘッドホンをつけ、音のボリューム調整や、ノイズの修正などをおこなう。

映像を総点検しながら、春輝が細かな指示のメモをくれるので、それに従って処理するだけだ。それも、慣れてしまえば複雑な作業でもない。


テーブルの向かいで、テロップ用の原稿《げんこう》を広げながら作業していた蒼太が、伸《の》びをしながらなにか叫《さけ》んだ。

ヘッドホンをずらすと、「全然、終わらない！」とぼやいている。

「号令かけたやつが、最初に集中力切らすか？」

「人間の集中力は二時間が限界なんだって。もう、四時間以上、ぶっ通しで作業してるよ」

「それもそうだな」

作業もちょうど切りのいいところだ。

椅子《いす》に座って背を向けている春輝は、こちらの会話など耳に入っていないのだろう。

映像を再生しているパソコン画面を見つめながら、マウスを動かしている。

「春輝」

呼んでも気づく様子がないのは、いつものことだ。

手を伸ばしてセーターの裾《すそ》を引っ張ると、ようやく春輝が振《ふ》り返った。

「そろそろ、休憩《きゅうけい》いれるか？」

「あー……こんな時間か」

春輝はデジタル時計を見てから椅子を引いて立ち上がり、テーブルに移動してきた。

蒼太がさっそく、コンビニの袋《ふくろ》からお菓子《かし》を取り出す。

「なにから開ける？　甘い系？　塩系？　うますぎる棒酢昆布《すこんぶ》味ってなに!?」

「俺、激辛《げきから》ハバネロ」

春輝がそう言いながら、腰《こし》を下ろす。

「今日中に終わらなかったら、明日《あした》も徹夜《てつや》だな。もちたも、優も大丈夫だろ？」

「俺が受験生だってこと、完全に忘れてないか？」

スナックの袋を開けようとしていた春輝と蒼太が、「あっ」というような顔でこちらを見た。

（こいつら……）

春輝はすでに留学が決まっているし、蒼太は推薦《すいせん》組だ。

時間的に余裕《よゆう》がある二人はともかく、追い込みの真っ最中である自分まで、徹夜の編集作業にかり出されているのはどういうことなのか。

もちろん、卒業制作の映画を投げ出したいわけではない。

最後まで関《かか》わりたいし、責任があると思っている。

ただ、正直もう少し、気をつかってくれてもいいだろう。


「今さら慌《あわ》てなくても、優なら大丈夫だろ？」

ニヤッと笑《え》みを作る春輝に、優は顔をしかめた。

「そこまで余裕があるわけじゃないって」

「でも、落ちる気してないでしょ？」

蒼太の言葉に、「当たり前だろ」と返す。

「そのために、色々我慢《がまん》してんだから」

クリスマスの日、玄関《げんかん》まで見送りに出てくれた夏樹の顔が頭を過《よ》ぎる。

(夏樹にも、我慢させてるしな……)

優はヘッドホンを首にかけたまま、半分ほどコーヒーの残っているマグカップに口をつけた。

完全に冷めてしまっているが、いれなおすのも面倒《めんどう》だった。

「そういや、優。お前、あれ、どうした？」

春輝の言葉にむせそうになって、口元を手で押さえる。

「え？　あれって、なに？」

「別に、なんでもないって」

そう言ったけれど、蒼太は気になるようだった。

「指輪、まだ渡《わた》してないのかよ？」

「ええ!?」

春輝の言葉に、蒼太が驚《おどろ》きの声を上げる。

ヘッドホンを耳に戻《もど》して作業に逃《に》げようとしたが、その前に取り上げられた。

「そんな話、聞いてないんですけど！」

蒼太が身を乗り出して、ジッと見つめてくる。

その視線から逃げるように、優は顔をそらした。

「春輝には買うところを見られたんだよ」

ショッピングモールで春輝にばったり出くわし、ごまかしようがなくて白状させられたのだ。

蒼太は自分だけ知らなかったことに、軽いショックを受けたようだった。

別に隠《かく》していたわけではない。ただ、言いふらすほどのことでもないと思っただけだ。

「優はクリスマス、なつきと一緒《いっしょ》に過ごしたんだよね？」

「ん……まあ……」

「それなのに、なんで、そんな大事なもの、渡してないの⁉」

信じられないというように言われて、首をすくめた。

「タイミングが合わなかったんだよ」

渋々《しぶしぶ》答えると、蒼太が春輝の方を見る。二人とも、呆《あき》れたような顔をしていた。

「何ヶ月しまい込んでるんだよ？　言い訳してる間に、時間はすぐに過ぎていっちまうぞ？」

頬杖《ほおづえ》をつきながら、春輝が言う。

「そのうち渡すって……」

この話題から早く逃《のが》れたかったが、春輝も蒼太も追及《ついきゅう》をやめるつもりはないらしい。

「もしかして、優は自分から動くのはかっこ悪いとか思ってる？」

返事をしないでいると、蒼太は真顔で先を続ける。

「一歩を踏《ふ》み出すってさ、相当に勇気がいることだよ？　相手が動いてくれるのを待っている方がずっと楽だと思う。でも、人任せにしてるのはかっこ悪いよ」

はっきりと言われ、優はばつの悪さを感じて視線をそらした。

それは春輝も同じだったのか、カーテンに閉《と》ざされた窓の方へ視線を逃がしている。

お互《たが》いに、返す言葉がない。

沈黙《ちんもく》の中、雪がパチパチと窓ガラスを叩《たた》く。

「さすが、自分から告白しにいった猛者《もさ》の言葉は違《ちが》うよなぁ」

春輝の軽い口調が、沈黙を破った。

「で、もちたのクリスマス・イブはどうだったんだ?」

ニヤッと笑った春輝に、蒼太の顔が真っ赤になる。

「そ、その話はいいから!」

「いつか、お前の映画撮《と》ってやるから、参考までに聞かせてくれ」

ポンと肩《かた》を叩かれて、蒼太は「うー……もう、ホント、勘弁《かんべん》して」と小さくなる。

そんな蒼太の様子に、春輝と優は笑い出した。

(そういえば、自分から告白しにいったの、もちただけだな)

優はあかりに言われたことを思い出す。夏樹から『告白』された後のことだ。

『瀬戸口君! そのこと、なっちゃんとは話し合ったんですか?』

あの時、あかりが言ってくれなければ、夏樹の気持ちに思い至らないままだっただろう。

「それに、今は優の話だよ！」

蒼太に話を戻され、優は苦い笑みを浮《う》かべた。

「だから、それは……」

「俺も、さっきのもちたの話に一票。なつきだって、待ってるんじゃねーの？」

春輝の言葉に、蒼太が「そうそう」とうなずいた。

「なんで、俺、お前ら二人に責められてるわけ？」

「激励《げきれい》してやってんだよ」

「そうだよ、優。根性《こんじょう》出しなよ！」

「いい加減、腹くくれって。ここが勝負だぞ」

蒼太も春輝も、他人事《ひとごと》だと思って言いたい放題だ。

優は顔に手をやり、深くため息を吐《つ》いた。

（まあ、そうなんだけどな……）

「いまさらだろ？」

ずっと幼なじみで通してきた。

家が隣同士《となりどうし》だったこともあり、半ば家族同然に接してきた相手だ。

付き合うといっても、今までとなにが違うのか正直分からない。

一緒に帰るのも、ラーメンを食べにいくのも、家を行き来するのも当たり前にやってきたことだ。

いまさら、なにを、どう変えていけばいいのか。

夏樹も同じように戸惑《とまど》っているのが分かるから、うかつに踏み込むこともできない。

だから指輪のことも、渡そうと思いながら、先延ばしにしてしまった。

指輪一つで、なにが変わるわけでもないのに。

「でも、やっぱ……今のままでいいわけないよな」

自分に向けて心の中でつぶやいた言葉が、声になってもれていた。

テーブルの上に置かれていた三台の携帯《けいたい》が、ほぼ同時に着信音を鳴らす。

優は携帯を取り、相手の名前を確かめる。

（……夏樹？）

なんで電話なんだ、と思いながら出ようとした時、蒼太が勢いよく立ち上がった。

「ごめん、ちょっと電話してくる！」

そう言いながら、蒼太は自分の携帯を手に部屋を飛び出す。

「俺も……」

優も立ち上がり、蒼太の後を追うように部屋を後にした。

ドアを閉める時、部屋に残った春輝が電話に出ているのが見えた。

廊下《ろうか》の隅《すみ》にいる蒼太の姿を目の端《はし》で見てから、優は階段を下りていく。

一階のホールまでくると、通話ボタンを押した。

『優、今ちょっといい？』

「お前ら、なにやってんだ？」

蒼太と春輝の電話の相手が誰《だれ》なのかは、聞くまでもない。

今日はあかりと美桜が、夏樹の家で忘年会《ぼうねんかい》をかねたお泊《と》まり会をしているはずだ。

『それは、女子同士のヒミツ！』

「ふーん……で、どうしたんだよ？」

『そっちの作業、どうなってるかと思って。終わりそう？』

「まあ、なんとか？」

『そっか』

夏樹のソワソワした気配が、電話越《ご》しに伝わってくる。

「なんだよ、気になるだろ？」

『えーと、ね……明日《あした》の大晦日《おおみそか》なんだけど、みんなで集まって初詣《はつもうで》に行かない!?』

「初詣？」

『みんなのこれからの進路のこととか、優の合格祈願《きがん》もしたいから』

「いいって、そんなの」

『よくないよ！　それに、渡《わた》したいものも……』

「渡したいもの？」

『あっ、ゲ……ゲーム？　優が絶対好きそうな！』

「いつ、やる暇《ひま》があるんだよ」

『そうだよねーっ！』

夏樹が『あははっ』と、笑う。

(……なにか、あったのか？)

声に落ち込んでいる様子はないが、どこか不自然だ。

『とにかく、全員集合ってことで。遅刻《ちこく》厳禁だからね！』

「分かったけど、そっちこそ……」

『そういうことだから、じゃあ！』
夏樹は一方的に言って、電話を切ってしまった。
家の引き出しにしまった箱のことを思い出し、優は首の後ろに手をやる。

渡したいもの——か。

廊下の隅に移動した蒼太は、鳴り続けている携帯を手に戸惑っていた。
(電話なんて、どうしたんだろ？)
あかりとの携帯でのやりとりは、メッセージばかりだった。
電話がかかってくることは滅多《めった》になかったので、緊張《きんちょう》する。
気持ちを落ち着けるために一呼吸おいてから、携帯を耳に運んだ。
「もしもし？」
呼びかけると、少しの間があってからあかりの声が返ってきた。
『……望月君？』

あかりも緊張しているのか、いつもよりもためらいがちな声だった。
「どうしたの？　なにかあった？」
心配になってきくと、あかりが『ううん』と答える。
『声、聞きたかったの』
ささやくような声に、思わず携帯を手放しそうになった。
そのまま、力が抜《ぬ》けたようにその場にしゃがみ込む。
「びっくりした……」
そう答えるのが精一杯《せいいっぱい》だった。
クスクス笑っているあかりの楽しそうな様子に、蒼太も口元をゆるめる。
（それでも、うれしいよ――）
こうして声を聞くのは、クリスマス・イブ以来だ。
声を聞くと、無性《むしょう》に顔が見たくなる。
満面の笑《え》みを浮《う》かべたあかりを思い出しながら、トンと壁《かべ》に頭をあずけた。
「会いたいよ……今すぐに、会いにいきたい」
『え？』
あかりの戸惑うような声に、バッと自分の口を手で押さえた。

(声に出したつもり、なかったのに！)

あせって、「あ、いや、そのっ！」と言葉をつなごうとした。

違《ちが》うとは言えなくて、赤くなった顔でかすかなため息を吐《つ》いた。

「今の……聞かなかったことにして」

顔を片手で隠《かく》しながら、消え入りそうな声で頼《たの》む。

電話でよかった——。

こんな顔、恥《は》ずかしくてあかりには見せられない。

『会いませんか？』

あかりの声に、ゆっくりと顔を上げる。

「え？」

『明日、一緒《いっしょ》に初詣、行きませんか？』

(あかりんと、初詣……)

蒼太は唇《くちびる》を引き結んで、勢いよく立ち上がった。

「行く！」

急いで返事をしたせいで、声がかすれる。

「絶対、行くよ！」

『じゃあ、待ってますね。待ち合わせ場所や時間は、後で送ります』

あかりはそう言って、電話を切った。

（どうしよう、うれしすぎて……）

両手で持った携帯《けいたい》を額に押し当てて、ギュッと目をつぶる。

首や耳の赤みが引くまで、しばらく部屋には戻《もど》れそうになかった。


部屋のドアが閉まるのを待ち、春輝は急いで電話に出た。

「美桜？」

『春輝君？』

お互《たが》いを呼ぶ声が重なる。

（あ……やば……）

急に緊張して、続く言葉が出ない。

『今、なっちゃんのお家《うち》で、お泊まり会をしてて』

「知ってる。そこ、なつきや早坂もいるのか？」

『え？　あ……ううん、二人とも別の部屋で電話してる』
優と蒼太に電話をかけているようだ。
『映画の方、順調？』
「まあまあ、だな。今日か、明日中にはなんとかなりそう」
『そう、よかったね』
会話が途切《とぎ》れてしまい沈黙《ちんもく》が続いたが、それほど気まずいとは思わなかった。
どれくらいそうしていたのか、『あのね』と美桜が口を開く。
『よかったら、初詣に行かない？　あかりちゃんや、なっちゃんや、みんなも一緒に』
美桜の声のトーンがわずかに落ちる。
『来年は一緒に行けないかも知れないから』
来年――。
ギュッと唇を引き結んで、「だな……」とつぶやいた。
一呼吸おいてから、「分かった」と返事をする。
『うん……』
名残惜《なごりお》しさを感じながら電話を切った時、ドアが開いて蒼太と優が戻ってきた。

「「あのさ、明日《あした》」」

同時に言いかけ、お互いに顔を見合わせて苦笑《くしょう》した。

「こうなったら、なにがなんでも今夜中に完成させないとね！」

「元々そのつもりだろ。完成できなきゃ新年はこないって言ったの、もちただし」

春輝は携帯を手に立ち上がって、椅子《いす》に戻る。

「じゃあ、まあ、やりますか」

そう言いながら、優もヘッドホンをかけて作業を再開した。

memory 3 〜メモリー3〜

朝ご飯を食べた後、あかりと美桜は着替《きが》えや家の用事をすませるために家に戻った。

日が暮れてから神社に集まる予定にしているため、時間は十分にある。

クローゼットを開いて、服を何着か選び、ベッドの上に広げてみた。

あかりと美桜と一緒に買い物に出かけた時、その場のテンションで買ってしまったチェック柄《がら》のスカートと、白のセーター。

(似合わないとか、言われるかな……)

鏡の前で合わせてみる。

学校の制服以外でスカートをはくことはあまりないため、なんだか落ち着かなかった。

いつも着ているパーカーに目をやり、頭を振《ふ》って迷いを断《た》ち切る。

「やっぱり、これしかないよね!」

あかりと美桜が太鼓判《たいこばん》を押してくれた服だ。

大丈夫《だいじょうぶ》、ちゃんといつもよりかわいく見えるはず。

満足してうなずいてから、他《ほか》の服をクローゼットにしまった。

その時、ハンガーにかかっているマフラーが目に入る。

大事にしまっていた男物のマフラーだ。

取り出して首に巻いてみると、温かさに包まれる。

少しだけ目を細めたのは、大切な記《き》憶《おく》を思い出したから――。


今年の二月は、まだ、優に片想《かたおも》いしていた。

『好きって辛《つら》いんだよ？　気づいてよ！　　バカ。』


伝えられなかった想いは、ずっと携帯の中に保存されたままだった。

募《つの》っていく優への想いを一人で抱《かか》え、どうしていいのか分からずに途方《とほう》に暮れていた日々。

自分の気持ちが重たくて、優の背中に何度、「はんぶんこして？」と心の中で問いかけたか分からない。

片想いは、楽しいって聞いたけど、そんなの嘘《うそ》。

辛くて、涙《なみだ》ばかりだ。

——でもね、好きって気づけた時はうれしかったんだ。

部活で帰りが遅《おそ》くなり、あの日も、優と一緒《いっしょ》に暗くなった通学路を並んで帰った。

過ぎていく季節を惜《お》しむように静かに降る雪が綺麗《きれい》で、儚《はかな》げに夜空で瞬《またた》く星をいつまでも眺《なが》めていたくて。

『優、せっかくだから、遠回りして帰ろうよ』

道路の縁石《へりいし》の上を歩きながら、優を振り返る。

このまま家に辿《たど》り着いてしまうのが、もったいない気がして、そうねだった。

『遅くなると、夏樹ん家《ち》のおばさん、心配するぞ』

『優が一緒だって知ってるから、大丈夫！』

優は寒そうに腕《うで》を組んだまま、複雑な表情を浮《う》かべていた。

『肉まん、食べたい』

『あー……俺、ラーメンがいい』

そんな話をしながら、並んで歩く。

『ねえ、優』

呼び止めると、空を見上げていた優が顔を戻《もど》した。

『なに？』

『この前のバレンタインにあげた、チョコだけど……』

『ああ、あの義理チョコ』

優の言葉にドキッとして、バッグを持つ手に力を込める。

二月十四日のバレンタインデーに、本命のチョコだと言えなくて、苦心の末に『義理チョコだから！』と念押しして優の手に押しつけた。

優は他の女の子が渡《わた》そうとするチョコレートを、『ごめん、甘い物、苦手』と断っていた。

でも、本当は、甘い物がそんなに苦手ではないことも、知っている。


ねえ、優。もし、本命の相手がいないならね。

例えば、私好きになっちゃえば？
簡単でしょ。
だって、私は優が――。

『実はね……』
優に見つめられ、言葉が喉《のど》につっかえる。
『うまかったよ。あのチョコ』
『そ……それなら、いいんだ。ちょっと、心配だったから』
スカートを握《にぎ》りしめながら、笑《え》みを作る。
『なんだよ、なにか失敗したのか？』
『してないよ。大成功！　何度も練習したんだから』
『そんなに一生懸命《いっしょうけんめい》作って、誰《だれ》か本命のやつにあげるつもりだったのか？』
歩き出した優の言葉に、唇《くちびる》を引き結ぶ。
それから、小声でつぶやいた。
『そんな相手……いないよ』
優以外に――。

立ち止まったままでいると、優が足を止める。
『なにしてんだよ』
『なんでもない。寒くなってきたね』
追いつくまで優が待っていてくれる。
隣《となり》に並んで笑うと、優が自分のマフラーを解《ほど》いた。
『鼻水たれてんぞ』
くるりと巻かれたマフラーには優の体温が残っていて、温かかった。
『世話、焼かせんなよ……』
優の優《やさ》しさがうれしくて、胸がいっぱいになる。
『うん……』
優への想いを、いつかちゃんと伝えられるだろうか？
そんなことを考えながら、一緒に歩き出した。

『優、このマフラー……』
『ん？』

『もらっちゃ、ダメかな？』
『ダメ。それ、気に入ってるから』
知っている。優は気に入ったものは大事に使うから。
『バレンタインのお返しってことで！　三倍返しが基本でしょ？』
『ぼったくりすぎ。だいたい……義理チョコだろ？』
『義理でも、真心はいっぱいこもってるから！』
『いいのかよ……そんなんで。男物だぞ？』
『いいよ。これがいい』
わがままだと分かっていて、あきれられると分かっていて口にした言葉。
マフラーに手を当てて笑うと、優はあきらめたように口元をゆるめる。
離《はな》れたくない。
ずっと、一緒にいたい。
そう強く願ったのは、多分、あの時だ。

優は今でも新しいマフラーを買っていない。

だから、マフラーを贈《おく》りたかった。

手編みでなくてもよかったのに、買うのも味気ない気がして、慣れない編み物に挑戦《ちょうせん》した。

「……美桜の言うとおりだよね」

使ってもらえなくてもいい。

ただ、優が持っていてくれるだけでいい。

それだけで、マフラーに込めた気持ちは無駄《むだ》にはならないはずだ。

そう、思った——。

memory 4 〜メモリー4〜

クリスマスに両親に買ってもらった真新しいブーツは、ヒールが高くて大人っぽいデザインだった。はいてみると、いつもより目線がほんの少し高くなる。

「よし、いってきます！」

紙バッグと鞄《かばん》をつかみ、玄関《げんかん》のドアを開いた。

外に出ると、門のそばであかりと美桜が待っている。

「ごめん、お待たせ！」

「あっ、そのスカート」

美桜がさっそく気づいてくれたので、うれしくなる。

「おかしくない⁉　足が寒くて、落ち着かないんだけど」

「似合ってるよ、なっちゃん」

美桜の言葉に、あかりもうなずいた。

「うん、かわいい」

夏樹は照れ隠《かく》しに笑ってから、改めて二人の格好を見る。

美桜はファーのついた白のコート、あかりは寒椿《かんつばき》の柄《がら》を裾《すそ》にあしらった着物と羽織姿だ。

「二人とも、すっごくいいよ！」

手を取り合ってひとしきりはしゃいだ後、並んで歩き出す。

うっすら雪におおわれた路面は凍《こお》りかけていて、慣れないブーツは時々滑《すべ》りそうになった。

(優……ちゃんと、来てくれるよね？)


午後十時を過ぎているため、神社には続々と参拝客が集まり始めている。

参道にはお面やわたあめ、リンゴ飴《あめ》などの屋台が並び、目移りしそうになった。

提灯《ちょうちん》の明かりが、夜を華《はな》やかに彩《いろど》っている。

待ち合わせ場所に指定した鳥居のところには、まだ優たちの姿はなかった。

「もーっ！　すっかり、忘れてるんじゃないの⁉」

映画制作のことになると夢中になる三人だ。

まだ完成していなくて作業に没頭《ぼっとう》しているか、完成した途端《とたん》に気が抜《ぬ》けて爆睡《ばくすい》している可能性もある。

「もし、そうなら？」

あかりにきかれ、夏樹は「もちろん！」と拳《こぶし》を握《にぎ》った。

「春輝ん家《ち》に乗り込んで、引っ張り出す！」

「あっ、来たみたい」

美桜が人混《ひとご》みの中に春輝たちの姿を見つける。

三人とも、時間を過ぎているのに急ぐ様子もなく、眠《ねむ》そうにあくびをもらしている。

「早くーっ！」

夏樹は腰《こし》に手をやって、急《せ》かした。

「時間通りだろ？」

到着《とうちゃく》すると、優が腕時計《うでどけい》をチラッと確かめる。

「とっくに過ぎてるよ！」

「悪い、仮眠《かみん》とってたら寝過《ねす》ごした。もちたがアラーム、セットするの忘れて……」

春輝がそう言いながら、蒼太の方を見る。

蒼太は着物姿のあかりから目が離せないのか、ぼんやりとしていた。

声をかけることも忘れているらしい。

春輝がその様子を見て、「ダメだな」と呆《あき》れたように言った。

「映画、完成した？」

美桜が遠慮《えんりよ》がちに声をかける。

春輝は彼女の方を一度見てから、すぐに視線をそらした。

「一通りは……後は、細かい所の修正だけ」

ぎこちない返答に、美桜は「そう」と言ったきり黙《だま》ってしまった。

そんな二人に、夏樹はもどかしさを覚えたけれど、優は素知らぬ顔をしているし、蒼太もあかりに気を取られている。

（もう、しょうがないなぁ！）

夏樹は春輝と美桜の背中を押した。

「ほら、早く行こう。限定三百食のおしるこが待ってるんだから！」

「押すな、危ねー」

文句を言いながらも、春輝は美桜と並んで歩き出した。

（うん、よし！　あとは……）

夏樹はあかりと蒼太の方をクルリと向いた。

「望月君、大丈夫《だいじようぶ》？……熱？」

気づかうように、あかりが蒼太の顔をのぞき込んでいた。

「だ、大丈夫！　全然……！」

顔が近いことに気づいたのか、蒼太はあせったように後ろに下がろうとして、軽くよろけていた。

「でも、顔、赤くなってるよ？」

あかりが心配そうな顔をして手を伸《の》ばす。

額に触《ふ》れたあかりの手にますます熱が上がったらしく、蒼太は赤い顔で硬直《こうちょく》していた。

「もち……」

見かねて声をかけようとすると、グイッと腕《うで》を引っ張られた。

「おせっかい禁止。ほら、行くぞ」

「あっ、待ってよ。優」

優に腕を引っ張られて、石段を上がっていく。

後ろを振《ふ》り返ると、あかりと蒼太が並んで一緒《いっしょ》にやってくるのが見えた。


石段の途中《とちゅう》まで行列ができているため、ゆっくりとしか進まない。

待っている間に冷え込んできて、雪がちらつき始めた。

夏樹は無意識に足踏《あしぶ》みする。

やっぱりスカートをはいてくるんじゃなかった、と少しばかり後悔《こうかい》した。

（優はなにも言ってくれないし……）


「学校の視聴覚室《しちょうかく》、借りたいよな。一度、通しで確認《かくにん》しておきたいし。やっぱ、でかいスクリーンで見たいだろ」

「明智《あけち》先生に頼《たの》めば、使用許可取ってくれると思うけど」

優はコートのポケットに両手を押し込んだまま、春輝と話し込んでいる。

こんな時だというのに、また映画制作の話のようだ。

「もちた、明日《あした》、もう一回集合な」

春輝が後ろに並んでいる蒼太を振り返り、話しかける。

「やっぱり、正月もなしなんだ……朝から夜まで恋愛《れんあい》映画に浸《ひた》れると思ったのに」

ガックリうな垂れる蒼太の肩《かた》に、春輝が笑いながら腕をまわした。

「終わったらぶっ倒《たお》れるまで観《み》ていいから、我慢《がまん》しろって」

「終わった時点で、ぶっ倒れてるよ」

蒼太が顔を上げて、恨《うら》めしげな目で春輝を見る。

「全力で打ち込むって、すばらしいことだよなー。お前も、そう思うだろ？　もちたー」

「優ーっ、春輝が解放してくれないんだけど」

「もちたが生け贄《にえ》になってくれるなら、俺、いらないよな？」

「あーっ、優が自分だけ逃《に》げようとしてる！」


「美桜ちゃん、後でなにか食べる？」

春輝たちの話から取り残されていた美桜に、あかりが話しかける。

「あ、うん……私、リンゴ飴食べたいかな」

「私、どうしようかなあ。クレープもおいしそうだったし」

人差し指をあごに当てながら、あかりは思案している。

「なっちゃんは？」

「もちろん、フライドポテト。あと、エビマヨ焼きと、焼きもろこしは外せない！」

夏樹はあかりと美桜の方を振り返って即答《そくとう》する。

その隣《となり》で、優がプッと吹《ふ》き出した。

聞いていないようで、しっかりこちらの話にも耳を傾《かたむ》けていたらしい。

「夏樹、食いにきたの？　祈《いの》りにきたの？」

「えっ、祈りにきたに決まってるじゃん！」

「だよなー。なつきは優のゴーカク祈願《きがん》だろ？」

春輝がからかうように笑う。

パッと顔を赤くした夏樹は、「いいじゃん！」と頰《ほお》を膨《ふく》らませた。

「そういう春輝は……」

言葉を切ったのは、美桜のことを思い出したからだ。

すこし距離《きより》を置いて春輝と並んだ美桜は、淡《あわ》い微笑《びしよう》を浮《う》かべたまま黙っている。

隣の優が小声で、「バカ」とつぶやく。

「決まってるだろ！」

春輝が気まずさを振り切るように、声を大きくした。

「来年もいい映画が撮《と》れますように。この一択《たく》！」

春輝らしいその答えに、優や蒼太も笑い出す。


「美桜ちゃんは？」

あかりが尋《たず》ねると、美桜は少し迷ってからほほえんだ。

「みんなの夢が叶《かな》いますように、かな」

（美桜……）

今、一番我慢しているのは美桜だ。

自分が美桜と同じ立場だったら。

優の夢を応援《おうえん》するために、自分の気持ちを我慢して、笑顔《えがお》で送り出せるだろうか？

がんばれと、背中を押せるだろうか？

「さすが、美桜。みんなの、ってところがいいよね！」

夏樹はあえて明るい声で言い、春輝を横目で見る。

「それに比べて、春輝は……ねぇ？」

「まあ、ぶれなくていいんじゃない？」

蒼太の言葉に、「だな」と優もうなずいた。

ようやく賽銭《さいせん》箱の前までくると、お賽銭を投げ、全員で拍手《かしわで》を打つ。

隣で目を伏《ふ》せ、手を合わせている優の表情をうかがった。


優の願いが叶いますように。それから——。

memory 5　～メモリー5～

遠くの方で聞こえていた除夜の鐘《かね》も鳴り止《や》み、神社の境内《けいだい》は先ほどよりも混《こ》み合ってきた。

腕時計《うでどけい》を確認すると、すでに日付が変わっている。

そこかしこで、「あけましておめでとう！」と言い合う声が聞こえた。

「年越《こ》しちゃったじゃん！」

携帯《けいたい》でメッセージを打っていた夏樹が、顔を上げてあせったように周りを見る。

それから、携帯に視線を戻《もど》した。

「ネットも電話もつながらないって、なんで⁉」

あかりと美桜に連絡《れんらく》を取ろうとしているが、電波障害か通信制限のせいで、つながりにくくなっているようだ。

お守りを選んでいる間に、あかりや美桜とはぐれてしまったらしい。

蒼太と春輝が、二人をさがしにいったが、なかなか見つけられないのか戻ってこなかった。

「優、もちたと春輝から連絡あった？」

「いや」

「ええ!?　連絡取ってみてよ」

催促《さいそく》されたが、携帯を取り出す気はなかった。かわりに夏樹のコートの袖《そで》をつかむ。

「行くぞ」

「ええっ、でも、遭難《そうなん》した時には動かない方がいいって」

「遭難してないし」

「ちょっと、優」

「待ち合わせ場所、決めてあるから。あいつらも、そのうち来るだろ」

戸惑《とまど》う夏樹を連れ、社の裏手の道を進む。

降り積もったばかりの雪が、踏《ふ》むたびにサクサクと音を立てた。


人混みから離《はな》れた大きなクスノキのそばで、美桜が一人、佇《たたず》んでいた。

切なげに、空の星を見上げている彼女の姿に、春輝は足を止める。

目を離せば、雪と同じく溶《と》けて消えてしまいそうなほどに儚《はかな》く見えた。

「美桜」

声をかけると、彼女がこちらを向く。

不安そうだったその表情が、ほっとしたように和《やわ》らいだ。

「よかった……春輝君が見つけてくれて」

その言葉と彼女のほほえみに、胸の奥に痛みを覚えた。

世界のどこにいたって絶対に見つける、なんて。

映画のセリフではないのだから、簡単に口に出せるはずもない。

(バカかよ、俺)

赤くなった顔を、片手で隠《かく》す。

「春輝君?」

不思議そうに首を傾《かし》げる美桜に、「なんでもない」と答えた。

我ながらひどく素っ気ない言い方になった。

「なっちゃんたち、どこかな?」

「ああ……優と一緒《いっしょ》だろ。早坂はもちたがさがしにいったし、心配ないって」

明後日《あさって》の方を向きながらそう言うと、美桜が「そうだね」と安心したように答える。

会話が途切《とぎ》れてしまい、お互《たが》いに並んで立っていた。

言わなければと思う言葉は、喉《のど》につっかえたままだ。

隣を密《ひそ》かに見れば、美桜は寒そうに両手を口元に運び、息を吐《は》きかけている。

頬も寒気にさらされて薄紅色《うすべにいろ》に染まっていた。

「……手袋《てぶくろ》は？」

「あ、なっちゃんの家に忘れてきちゃって」

美桜は恥《は》ずかしそうに両手を握《にぎ》りしめる。


かじかんでほんの少し赤くなっているその手を取ると、美桜が緊張《きんちょう》するのが分かった。

「小《ち》っせー……手」

そうつぶやくと、美桜がうつむいて手を引こうとする。その手を、少し力を込めて留《とど》めた。

「この手で、あんな綺麗《きれい》な絵……描《か》くんだもんな」

顔を上げた美桜の瞳《ひとみ》が、戸惑うように揺《ゆ》らいだ。

自分の手袋の指先を口にくわえて引き抜《ぬ》き、冷えた美桜の手にはめる。

手袋の上に降りた雪が、溶けて消えていくのを、お互いに見つめていた。

「あ……いいよ。春輝君が寒いでしょう？」

美桜がハッとして、慌《あわ》てたように手袋をはずそうとした。

「いいって」

手を離し、美桜を真っ直《す》ぐに見る。

こんなふうに二人きりになれる機会は、この先あと何回あるだろう。

顔を見て話すのだって、久しぶりだった。

新学期に学校で会ったら、まともに言葉が出てこなくなる気がした。


「春輝君？　ぼうっとして、どうかした？」


留学のことを告げるなら、今だ。

それは分かっている。

だが、言ってどうなるというのだろう。

自分の選択《せんたく》は変わらない。

美桜を選べなかった自分が、今さらなにを——。

「……行こう。あいつら、さがさないと」

冷えていく自分の手を握り、春輝は背を向けて歩き出した。

人混みの方へと歩いていく春輝の背中を見つめて、美桜は届くはずのない小さな声で名前を呼ぶ。

春輝が立ち止まり、振《ふ》り返ったので少し驚《おどろ》いた。

こぼれた笑《え》みに、泣きそうになる。

「どうした？　俺、歩くの速かった？」

「……ううん、大丈夫《だいじょうぶ》。ありがとう」

自然と言葉が出た。

目をかすかにみはった春輝が、慌てたように顔を背《そむ》ける。

ありがとう。

初めての気持ちをくれたひと——。

押し寄せる参拝客の列に巻き込まれ、蒼太は身動きが取れなくなっていた。

「すみません、通してください！」

そう断りながら、人の間をぬって移動する。

（あかりん、どこだろ……お守り買うって言ってたけど）

ようやく列を脱《だっ》して、破魔矢《はまや》や熊手《くまで》、お守りなどを売っている社務所の方へ向かう。

そこも人だかりができていて、巫女《みこ》さんたちが右往左往しながら対応していた。

甘酒やおしるこを配るテントをのぞいてから、お社を一周する。

手を洗う手水舎《ちょうずや》の近くで、あかりの姿をようやく見つけた。

しかも、数人の若い男たちに取りかこまれている。

大学生だろうか。やけに軽い口調であかりに話しかけているようだった。

（あれって……ナンパ!?）

あかりは困ったような顔をして、その場を離れようとする。

男の一人が、その肩《かた》に馴《な》れ馴れしく手をかけた。

それを目にした瞬間《しゅんかん》、蒼太は足を前に踏《ふ》み出した。

「あかり……っ！」

思わず声を上げると、あかりと男たちが振り返る。

あっと思った時には、雪に足を取られて滑《すべ》っていた。

勢いよく地面に倒《たお》れると、男たちが笑い出す。

「望月君！」

あかりが男たちを押しのけ、駆《か》け寄ってくる。

「なんだ、彼氏と一緒かよ」

そう言いながら、男たちは離《はな》れていった。

蒼太はほっとしながら、体を起こす。

（よかった……しつこい人たちじゃなくて）

「大丈夫？　望月君」

あかりが身を屈《かが》め、心配そうに手を差し伸《の》べてきた。

その手を取れなくて、力なく笑う。

「なんだか……かっこ悪いところばっかり見られてるね」

あかりは巾着《きんちゃく》を両手で握りしめたまま、じっと見つめてくる。

その瞳に映る自分の姿を、見返せなかった。

「かっこ悪くなんてないです」

顔を上げると、あかりが手を取ってくれた。その手に引っ張られて一緒《いっしょ》に立ち上がる。

「助けようとしてくれたでしょう?」

「でも、結局……」

なにもできなかった――。

うつむこうとすると、冷えた手がピタッと頰《ほお》に当てられた。

その手に促《うなが》されるように、足元に向けていた視線をゆっくりと上げる。

「うれしかったから」

あかりの着物姿に見とれてろくに返事ができなくて、ナンパされている彼女を見てあせって、一人で転んで――。

なに一つうまくできないのに、彼女はそう言ってくれる。

あかりの屈託《くったく》のない笑顔を、蒼太は言葉なく見つめた。

周りで騒《さわ》いでいる人たちの声も、拝殿《はいでん》から聞こえてくる太鼓《たいこ》や笛の音色も、人が鳴らす鈴《すず》の

音も耳に入らない。

（ああ……やっぱり……）

「おみくじ。一緒に引きにいきませんか？」

あかりが社務所を指差す。

上の空で、なんと返事をしたのかも覚えていない。

手を引かれるままに、駆け出していた。

（やっぱり、君が……）

memory 6 ～メモリー6～

神社の裏手にある山の、明かりのない石段を、夏樹の手を引きながら上がっていく。

頂上の展望台に辿《たど》り着くと、雪まじりの少し強い風が吹《ふ》いていた。

夜闇《よやみ》にきらめく街の明かりはどこまでも続いていて、夏樹が感動したように息をのみ、見つめている。


「すごい、綺麗《きれい》だね！」

振り返って笑った彼女に、「そうだな」と味も素っ気もない相づちを返す。

「もっと、興味もとーよ！」

夏樹は不服そうに言って、両手を手すりにかけながら顔を正面に戻《もど》す。

いつ話を切り出そうかとそればかり考えていて、実際のところなにも目に入っていなかった。

ここに辿り着くまでの間も、ずっとそうだ。

生返事しかしないから、夏樹も途中《とちゅう》から黙《だま》ってしまった。

(余裕《よゆう》ないよな、俺)

いつだってそうだ。

夏樹から告白される前も、告白された後も、自分の気持ちでいっぱいいっぱいになって——。

受験勉強を理由に使ったのも、そんな自分を夏樹に見せたくなかったからだ。

「ここの展望台に来るの、久しぶりだよね。昔はみんなでよく遊んだのに。段ボールで秘密基地とか作ったの覚えてる?」

夏樹が懐《なつ》かしそうに目を細めてきく。

「そういや、そうだったな」

「優と一緒に家出したことあったでしょ? あの時もここの秘密基地に隠《かく》れてたよね。一晩、帰らなかったのに、うちの両親、全然心配してなかったんだよ。優がいるから大丈夫《だいじょうぶ》だと思った、なーんて言って。ひどくない?」

「信頼《しんらい》されてたからな、俺。夏樹のお守《も》り役として」

「ここ、幽霊《ゆうれい》出るよって言ったら、泣きそうな顔してたじゃん。毛布かぶって、出てこなかったくせに」

「それ、夏樹の方だろ?」

「優だって」

「夏樹だって」

言い合いになり、お互《たが》いに顔を見合わせる。

どちらからともなく笑い出した。


一緒にケンカした。一緒に笑いも、一緒に泣きもした。

これからも、夏樹がそばにいてくれるのが、好きでいてくれるのが当たり前だなんて思うのはうぬぼれで、甘えだ。

ちゃんと伝えておかないと、大切なものはこの手を離れていく。

離したくないから――。

コートのポケットに手を入れ、小さな箱の存在を確かめる。

「夏……」

「優」

夏樹が迷うように、ゆっくりとうつむく。

その手はスカートを強く握《にぎ》りしめていた。

「優は、幼なじみのままの方がよかった？」

虚《きょ》を突《つ》かれ、なにも言えないまま夏樹を見つめる。

ようやく声が出たのは、かなり黙っていた後だ。

「え……なんで？」

夏樹の気持ちが見えなくて、不安にかられたように脈が速くなるのを感じた。

「あっ、や、やっぱり、なんでもない。今のナシ。忘れて！」

あせったように言って、夏樹はぎこちなく笑う。

「みんな、遅《おそ》いね！」

「なんで、そんなこときくんだよ？」

「だって、優……居心地《いごこち》悪そうな時あるから。受験で大変な時なのに、負担になってるかもって……」

途切《とぎ》れ途切れに紡《つむ》がれる言葉に、不安がにじんでいた。

「あのさ……」

「重かったり、迷惑《めいわく》だったりしたら、はっきり言ってくれていいから！　できるだけ、優の邪《じゃ》魔《ま》にならないように気をつけるし、デートもしなくてもいいよ。わがままも、できるだけ言わないようにするし……」

夏樹は紙バッグを抱《だ》きしめ、ギュッと目をつぶる。

「だから！」

強く言うと、夏樹が恐《おそ》る恐るといった様子で見上げてくる。

優は邪魔になる前髪《まえがみ》をかき上げ、深く息を吐《は》き出した。

「思うわけないだろ。ようやく、念願叶《かな》ったってのに」

困惑《こんわく》したように「え？」ときく夏樹にじれったさを覚える。

「片想《かたおも》いの時間なら俺の方が長いんだよ！」

はっきり告げると、夏樹の顔が、見る間に朱《しゅ》に染まった。

「うそ……本当に？　本気で⁉」

「本気だよ！」

夏樹の手を取り、戸惑《とまど》う彼女の手に赤いリボンの結んである小さな箱をのせる。

「でなかったら……こうやって用意するかよ」

箱と一緒《いっしょ》に、彼女の手を自分の手のひらで包み込んだ。

「これ……」

「本当は『告白』、俺からしようと思ってたけど……夏樹に先、越《こ》されたから」

ゆっくりと、手を離《はな》す。

夏樹が慎重《しんちょう》な手つきでリボンを解《ほど》き、蓋《ふた》を開いた。

中に並んでいるのは、銀のペアリングだ。

シンプルなデザインだが、内側にお互いのイニシャルが彫《ほ》り込まれている。

箱を手にしたまま、しばらくリングを見つめていた夏樹の頬《ほお》を一滴《ひとしずく》、涙《なみだ》が伝う。

言葉をなくしていると、夏樹が一歩距離《きょり》をつめて胸にトンと寄りかかってきた。

「……なんで、優には分かったんだろ？」

小さな声が、かすかに震《ふる》えていた。

分かりやすすぎなんだよと、心の中でつぶやく。

夏樹の部屋に行った時、置かれていた『恋《こい》の参考書・これが決定版！』という雑誌に載《の》っていたリング。彼氏からもらいたいプレゼントランキング、一位。

わざわざ、付箋《ふせん》までしてあった。

顔を上げた夏樹の瞳《ひとみ》から、涙があふれてポロポロとこぼれ落ちる。

「私、優ともっと一緒にいたい、もっと特別になりたい……って、よくばりになってく自分がイヤで……一人であせって、恥《は》ずかしくて……絶対、呆《あき》れられてるって思ってた」

「呆れてないって。ケーキ持ったままダイブしてきた時にはちょっと、ありえねーって思ったけどな」

夏樹の顔にようやく笑《え》みがこぼれた。

「顔、クシャクシャになってるぞ」

「だって……っ！」

「世話焼かせんな」

濡《ぬ》れた頬を手で拭《ぬぐ》ってやると、夏樹がなぜか驚《おどろ》いたように見つめてくる。

「夏樹？」

「そうだ、私も渡《わた》すもの」

我に返ったように、夏樹が紙バッグから取り出したのはマフラーだ。

「ごめん、すっごくできが悪いんだ。美桜に教わって編んでみたんだけど、うまくいかなくて。ちょっと長くなりすぎたし！」

夏樹は恥ずかしそうに、マフラーを握りしめたまま言う。

「前に優のマフラー、私がもらったから。本当は、クリスマスに渡そうと思ってたんだけど」

いつまでも手放そうとしない夏樹から、マフラーを取り上げて首に巻く。

「あっ、優！」

「お守りにする」

うれしそうに顔をほころばせた夏樹が、「うん……」と小さくうなずいた。

展望台の手すりに寄りかかりながら待っていると、春輝と美桜、それに続いてあかりと蒼太が石段を上がってきた。

「みんな、遅ーい！　カウントダウン、一緒にできなかったじゃん。もう、新年だよ」

やってくる四人に、夏樹が声をかける。

春輝が、「悪い」と笑った。

「あっ……」

美桜が優の首元に巻かれているマフラーに気づいて、夏樹を見る。

夏樹は照れ隠《かく》しに笑った。

「なんで、ここが集合場所？」

最後に到着《とうちゃく》した蒼太が、一息吐いてから春輝にきく。

「初日の出、見るためだろ？」

「今から待ってるの？　それ、凍《こご》えるでしょ！」

「大丈夫《だいじょうぶ》、おまえならいける」

「なにを根拠《こんきょ》に言ってんの⁉　って、笑ってるじゃん、春輝！」

春輝と蒼太のやりとりに、あかりや美桜まで笑っている。

そんなにぎやかな様子を眺《なが》めながら、夏樹は優に顔を寄せる。

「優はさっき、なにお願いした？」

「ん……まあ、色々？」

「私は、優の合格祈願《きがん》。みんなの進路のこと」

それから——。

「これからも、みんなと一緒にいられますように」

背中にまわした手をお互《たが》いこっそりつないだまま、声をひそめる。

優が少しだけ力を込めたので、夏樹は指を絡《から》め、そっと握《にぎ》り返した。

その指にはまるリングに、密《ひそ》かに誓《ちか》う。


私ね。

絶対、優の理想の彼女になってみせるよ！

イノコリ先生

Text：香《こう》坂《さか》茉《ま》里《り》

春カップル♡
みおう
はるき
name. 芹沢春輝《せりざわはるき》
誕生日 /4月5日
おひつじ座
血液型 /A 型
映画研究部所属。
映画への熱い想いを持ち、
夢を叶えるために
突き進んでいる。
name. 合田美桜《あいだみおう》
誕生日 /3月20日
うお座
血液型 /A 型
美術部副部長。
引っ込み思案な努力家。
男子とはあまり話さないが、
春輝とは話が合う。

memory 1 〜メモリー1〜

狭《せま》い国語準備室の窓から、穏《おだ》やかな風が吹《ふ》き込んでくる。

事務椅子《いす》に腰《こし》かけながら、明智咲《さく》は机に置かれていた立方体のパズルを手にとった。

バラバラになった色を面ごとにそろえていく、シンプルだがなかなかコツのいるパズルだ。

半分ほど色のそろっていたそれを一度崩《くず》してから、回転させてカチカチと色を合わせていく。

校内にはまだ生徒が残っているのだろう。弾《はじ》けるような笑い声と駆《か》けていく足音が廊下《ろうか》の方から聞こえた。それが遠ざかると、物寂《ものさび》しい静けさが戻《もど》る。

最後の色がそろい、トンとパズルを机に置いた。


『おおっ、すっげーっ』

そんな幼い声が聞こえた気がして、口元をゆるめる。

友人の弟だった芹沢春輝。

幼い頃《ころ》の彼は、負けん気が強くて、背伸《せの》びしてなんでも真似《まね》たがる、そんな少年だった。

このパズルを見せた時も、瞳を輝《かがや》かせながらしつこくやり方をきいてきた。

教えてやってもうまくできなくて、途中《とちゅう》で放《ほう》り投げてしまう。そのくせ、気になって仕方がないのか、こっそり手に取っては真剣《しんけん》な顔をしてパズルをまわしていた。


友人の家にはよく出入りしていたので、春輝と関《かか》わることも度々《たびたび》あった。

親に宿題しろとでも怒《おこ》られたのだろう。仏頂面《ぶっちょうづら》をしながら算数のドリルをやっている姿を見つけ、よく声をかけたのを思い出す。

『どうする？　教えてやろうか』

そうきいても、春輝の答えはいつも一緒《いっしょ》だった。

『いいよ。自分でやるから』

しばらく友人から借りたマンガを読んで時間をつぶしていると、そのうちドリルを抱《かか》えてやってきて隣《となり》に座る。

『お願いしますって頼《たの》むなら、教えてもいいけど？』

『絶対、ヤダ！』

『あっそ。じゃー、一人でがんばりな』

そのまま知らんふりをしていると、眉間《みけん》にしわを寄せて泣きそうな顔をする。

結局、こちらが折れて勉強を教えてやると、できた時にはうれしそうな顔をしていた。

人に教える仕事というのも、悪くないかもしれない――。

そんなふうに考えはしたものの、本当に自分が教職につくなんて、あの頃は考えもしなかった。

勤めている桜丘《さくらがおか》高校に春輝が入学してきた日のことはよく覚えている。

『咲兄！』

満面の笑《え》みで駆け寄ってきた春輝は、体格も顔つきも幼い頃の面影《おもかげ》を残しながらも、しっかりと高校生らしくなっていた。

『友達じゃないんだから、学校の中では、センセーって呼びましょう』

『って言われても、なんかしっくりこないんだよな……』

腕《うで》を組み、首をひねる春輝に、わざと大きなため息を吐《つ》く。

『相変わらず、ガキのまんまだねえ』

『そう言うけど、咲兄と背丈《せたけ》もそう変わらねーぜ？』

春輝は手を伸《の》ばして自分の身長と比べてくる。

そして、『ほらな！』と得意そうな笑顔になった。

『いやいや、八センチの壁《かべ》はけっこう厚いよ？　それと、ズル禁止な。爪先立《つまさきだ》ちになってるぞー』

ポンポンと頭を叩《たた》くと、『だから、ガキじゃないんだって。マジなめんじゃねー』と、子供のまんまの目つきでにらんでくる。

『すぐ、追いついてやるよ！』

宣言して、廊下で待っている友人たちのところへ駆け戻っていった。

気づけば、春輝も自分と彼の兄が高校生だった頃と同じ年齢《ねんれい》なのだから、時間の流れの速さには驚《おどろ》かされる。

それはもしかしたら、自分が立ち止まり続けていたせいかもしれない。

ずっと同じ場所で――。

春輝の後ろ姿を目で追いながら、胸の奥の忘れていた痛みを思い出した。

それから三年間、春輝の担任を務め、彼が立ち上げた映画研究部の顧問《こもん》としても関わった。

春輝が卒業するのを見届けた後も時々、思うことがある。

あの頃の自分たちは、ちゃんと向き合えていたのだろうか、と。

「今も、映画ばっかりなんだろうな、あいつは」

高校を卒業後、春輝は映画の勉強のために海外留学した。

音沙汰《おとさた》がないということは、おそらく元気にしているのだろう。

窓から見える空は、黄昏《たそがれ》の色に染まっている。

午後六時になったので、帰宅をうながす校内放送が流れ、運動部の生徒たちも片づけを始めていた。

そんな風景は、いつもと同じ。

自分たちが生徒だった頃も、春輝がこの学校にいた頃も、そして今も。

頬杖《ほおづえ》をついて生徒たちを眺めていると、ノックの音が聞こえた。

「どうぞ」

返事をすると、ドアが遠慮《えんりょ》がちに開く。生徒かと思っていたが、入ってきたのはスーツ姿の若い女性だった。その相手を、驚いてしばらく見つめる。思いがけない訪問だった。

「明智先生！」

「合田……？」

「はい、ご無沙汰《ぶさた》してます」

教え子だった合田美桜は、ドアを閉めてやってくると、丁寧《ていねい》にお辞儀《じぎ》をする。

「元気にしてた？」

月並みだと思いながらたずねると、「はい」と彼女はほがらかな笑みを浮《う》かべた。

椅子を引き寄せて勧《すす》めてから、机のまわりを見る。

電気ポットの水はあいにく切れていた。

机の引き出しを開いてみたが、茶菓子《ちゃがし》になるようなものもない。

あるのは白衣のポケットの中に常備している棒つきのアメくらいだ。

「食べる？」

「ありがとうございます。いただきます」

サクランボ味のアメを渡《わた》すと、彼女は椅子に腰かけながらクスッと笑う。

「先生、このアメ、今も持ってらっしゃるんですね」

「ないとポケットが寂《さび》しくて。校内、禁煙《きんえん》だし」

「白衣も変わってなかったから、なんだかほっとしました。あ、明智先生だって」

「あー……これね」

『なんで、いつも白衣なんて着てんだよ？』

『趣味《しゅみ》なんだ』

『なにそれ……変なの！』


「先生？」

懐《なつ》かしさに笑みを浮かべると、美桜の呼ぶ声が耳に入る。

つかの間、過去に飛んでいた意識を引き戻《もど》した。

「大学四年になるんだっけ？」

高校生の頃《ころ》の美桜は小柄《こがら》で、おとなしめな生徒だった。

今の彼女は落ちついた態度と、うっすら塗《ぬ》られた化粧《けしょう》のせいか、大人びた雰囲気《ふんいき》がある。

「来週から教育実習で桜丘高校に来ることになったので、ご挨拶《あいさつ》にと思って」

「ああ……そういえば教頭《ハゲ》がなんか言ってたな。朝礼で」

半分寝《ね》ていて、まともに聞いていなかった。

崩《くず》れそうになっているファイルの山をさがし、プリントを見つける。

教育実習生の名前一覧が書かれたそのプリントには、『合田美桜』の名前も入っていた。

おまけに、受け持ちは自分が担任をしているクラスだ。

「合田は教員志望だったよな。高校教師、目指すの？」

「まだ、決めてないんですけど……できれば、そうなりたいなと思っています」

穏《おだ》やかな話し方は高校の時から変わらないが、以前よりもはっきりとしたよく通る声で話す。

（合田が先生……ねえ）

高校の時、クラスの受け持ちではなかったが、春輝と仲がよかったこともあり、話をする機会も多かった。美桜から進路のことをきいた時は、正直、意外だった。

引っ込み思案で、人前で話すのは得意ではないという印象だったからだ。

けれど、『先生になりたいです』と答えた彼女の瞳《ひとみ》には迷いがなかった。

それが高校三年間で見つけた、美桜の『解答《こたえ》』なのだろう。


「あいつとは連絡《れんらく》取ってる？」

「時々、ショートムービーが届きます。旅行先の風景とか、夜景とか……学校のみんなで撮《と》ったものとか、楽しそうで。がんばってるんだなって、私も励《はげ》まされます」

距離《きょり》が離《はな》れていても、直接連絡をとる方法はいくらでもあるだろうに。

ショートムービーなんて、一方的なメッセージを送りつけているあたりが、相変わらず煮《に》え切らない。

それとも、顔を見れば、声を聞けば、心が揺《ゆ》らぐからなのか。

「あいつらしい」

彼女は、「はい」と柔《やわ》らかな笑《え》みを浮かべた。

「榎本や早坂とは、今も会ってたりするのか？」

榎本夏樹や早坂あかりは、美桜と同じ美術部だったこともあり、仲がよかった。

「なっちゃんも、あかりちゃんも元気です。夏休みに一度、みんなで集まりました。あと、瀬戸口君や望月君も。教育実習で桜丘に行くって話したら、懐かしがってましたよ。みんなで今度、明智先生に挨拶に行こうかって」

「えー？　来なくていいのに。卒業したら、後ろを振《ふ》り返らない！　前だけ向いていればいいんだよ。学校ってのはそういう場所だから」

「……教師ってちょっと不思議な気持ちになりますね」

「うん？」

「卒業したのに、していないような……自分だけ、まだ学校にイノコリしているみたいな」

美桜の瞳が切なげに揺らぐ。

どこか遠くを見るような目は、高校生だった頃を懐かしんでいるからか。

イノコリしているみたい――。

まったく、その通りだ。

生徒の顔ぶれは変わっていくのに、教師である自分たちは変わらない。

時間の流れからポツンと取り残されているような気がする時がある。

「先生は、どうして教師になろうと思ったんですか？」

不意に向けられた問いかけに、春輝の声が重なって聞こえた。

『咲兄はなんで教師になったんだ？』

映画のコンペの最終審査《しんさ》結果が届いた時、屋上で春輝に同じ質問をぶつけられたことがある。

その時には、すぐに答えられなかった。

なんで――。

最終下校時刻を過ぎた校内には生徒の姿はなく、歩く自分の靴音《くつおと》だけがやけに響《ひび》く。

鍵束《かぎたば》を手に教室の見回りをした後、階段を上がった。

視聴覚《しちょうかく》室のドアを確かめると、鍵が開いたままになっている。

ドアを開いて、壁《かべ》のスイッチに手を伸《の》ばした。

蛍光灯《けいこうとう》が点滅《てんめつ》してから明かりを広げる。

スクリーンに向かって階段状になった机と椅子《いす》が並んでいるだけだ。

ゆっくりと歩いて真ん中あたりの席に行き、腰《こし》を下ろしてぼんやりと思い返す。

あれは春輝たちが三年の、文化祭の少し前のことだっただろうか――。


教室を見回ると、生徒たちが模擬《もぎ》店の準備をしている最中だった。

中心となって指示していた春輝の姿はなく、段取りが分からないと生徒たちが騒《さわ》いでいた。

『あいつのことだから、どうせあそこだな』

見当をつけて視聴覚室に向かうと、案の定、鍵が開いている。

ドアを開くと薄《うす》ぼんやりとした光と音が廊下《ろうか》にもれた。

正面のスクリーンに映されているのは、合田美桜が生徒たちと弁当を広げている姿だ。撮られていることに気づいていないのだろう。自然な笑顔で、楽しそうに話をしている。

ノイズまじりの声が、途切《とぎ》れ途切れにスピーカーを通して聞こえた。

視聴覚室の真ん中の席で、熱を帯びた眼差《まなざ》しを向けているのは春輝だ。

プツリと映像が途切れた後も、なにも映らないスクリーンから視線をそらさず、余韻《よいん》にひたるようにじっとしていた。

『こら、なーに、サボってんだ？』

声をかけると、春輝の肩《かた》がビクッと跳《は》ねる。

ドアの開く音にも、人が入ってきた気配にもまったく気づかなかったようだ。

『咲兄……っ‼』

椅子を蹴《け》って立ち上がると、あせったようにプロジェクターの電源を切っている。

もう、なにも映し出されていないのに。

『勝手に視聴覚室使うなって、いつも言ってるだろ。ちゃんと、顧問《こもん》の許可を取りましょー。怒《おこ》られるの、俺だよ？』

壁のスイッチに手を伸ばして点《つ》けると、蛍光灯の白い明かりが広がった。

『いつから見てたんだ⁉』

絨毯《じゅうたん》の敷《し》かれた通路を通り、動揺《どうよう》している春輝に歩み寄った。
『んー、誰《だれ》かさんが合田の隠《かく》し撮り映像を見つめていたあたりから？』
『これは、たまたま撮れてたから、観《み》てただけで……』
『そのわりに、絶妙《ぜつみょう》なアングルと距離で合田が映ってたような気がしたけど？』
追及《ついきゅう》してやると、春輝の顔が分かりやすく赤くなった。
軽く笑ってから、正面のスクリーンに目をやる。

『……言ったのか？　ちゃんと』
そうきくと、『なにを？』と春輝が返してくる。
『合田に、留学のこと』
返事がないということは、言い出せずにいるのだろう。
『言わずに、卒業するつもりなわけ？』
『美桜なら知ってるだろ……なつきから聞いてるって』
春輝の声には力がない。どこか言い訳じみて聞こえた。
やれやれと思いつつ、机に寄りかかる。
『そういう問題じゃないでしょ』

『咲兄には関係ないだろ』
立ち去ろうとする春輝の腕《うで》をつかみ、引き止める。
『生徒さんを指導するのは、センセーである俺の仕事なんだよ』
『センセーって、そんなに偉《えら》いのかよ？』
手をはね除《の》けた春輝が、皮肉のこもった笑みを浮《う》かべる。
『まあ、おまえよりは？　大人だからね』
『どこがだよ。アメばっか食ってるくせに』
『春輝。答えを出せないからって、問題を先送りしようとするなよ』
真顔で言えば、春輝の眉間《みけん》にはしわが寄った。
いらだったのだろう。それが分かっていながら、先を続ける。
『向き合わずに逃《に》げると、おまえが思っている以上に、後引くぞ？』
『そういう咲兄は、逃げずに向き合ったのか？』
にらみつけるような目つきで、春輝がきいてくる。
わずかに目を伏《ふ》せると、『さあ……』と言葉を濁《にご》した。
『どうなんだろうな』
独り言のようにもらしてから、春輝の方を改めて見る。

『おまえは逃げるなよ。ちゃんと答えを出して卒業しな。宿題残したままじゃ、前に進めないからさ』

向き合える相手がいなくなってからでは、遅《おそ》いのだ。

『おまえにはまだ、向き合える相手がすぐ近くにいるだろ』

春輝は険しい表情で視線を下げる。

どれくらい黙《だま》っていたのか。視線を戻《もど》した春輝の瞳《ひとみ》には、思いつめたような色が浮かんでいた。

『俺、あいつが大切なんだ』

心の声が思わずもれた。そんな小さな声だった。

そんなこと、十分バレバレだ。どうして、相手に伝わらないのか不思議なくらいに。

こんなにも分かりやすいのに。二人とも——。

『離《はな》れたくないって思ってる。手をつかむこともできないくせに勝手だよな。俺の都合で、気持ちで美桜を縛《しば》る権利なんてないのに』

拳《こぶし》を握《にぎ》りながら、春輝は唇《くちびる》を嚙《か》みしめる。眉間のしわがますます深くなっていた。

『離れなきゃいけないってことは、分かってる。それ以外の選択肢《せんたくし》なんてないってことも。でも、一度離れたら、もう戻れないんじゃないかって、そう考えたら怖《こわ》くなった』

大切になればなるほどに、失いたくないという想《おも》いは強くなる。

それでも、どうしてもその想いを手放さなければならない時、どうするのが『正解』なのか。

後悔《こうかい》しないですむのか――。

同じ問題で迷っていた、高校の頃《ころ》の自分の姿が頭を過《よ》ぎる。

『なあ、先生。俺、どうすればいい？』

真っ直《す》ぐに問いかけてくる春輝の瞳を見返したまま、黙っていた。

今までずっと、『咲兄』だったくせに。

一番、きかれたくないことをきいてくる時には『先生』だ。

その答えを出せていたら、自分は学校にイノコリなんてしてなかっただろう。

『もう、分かんねーんだよ。自分の気持ちも、あいつの気持ちも。考え過ぎて頭、グチャグチャ……』

震《ふる》える声でそう言い、春輝は顔を手で押さえる。

テストのように、正解が一つだけなら楽なのにな。

そう思いながら、一度、天井《てんじょう》に目をやってかすかにため息を吐《つ》いた。

それから、改めて春輝の方を見て、その頭にポンと手をやる。

『それは、おまえが自分で答えを出すしかない問題なんだよ。俺の答えは、おまえの答えじゃない。そうだろう？』

『……』

『それに、もうガキじゃないんだ。今のおまえなら正解、見つけられるだろ』

『……今までずっと、ガキ扱《あつか》いだったくせに』

不満そうにつぶやく春輝に、目を細めながら声を出さず笑った。

『じゃあ、ヒントだけ。自分一人だけで迷わないこと！　世の中には、誰かとじゃなきゃ出せない答えってのも、あるんだよ』


桜丘高校に春輝が入学して担任をすることになった時、正直なところ気が重かった。

高校生になった春輝は、彼の兄によく似ていたから。


いつも周りに人がいて、いつも誰かを笑わせて。

そんな春輝の兄に憧《あこが》れた。どこかで姿を追いかけていた。

彼がいなくなった後も。

引っかかり続けた『胸の歪《いびつ》』――。

それを解くことができなくて、胸の奥にしまい続けてきた。

春輝や、春輝の友人たちの姿は、自分と彼の兄を見ているようだった。

あの頃の自分たちも問題にぶちあたりながら、一緒《いっしょ》に悩《なや》み、一つ一つ乗り越《こ》えてきた。

ともに成長してくれる、かけがえのない相手がいることの喜び。

それを思い出した時、ようやく気づけたような気がした。

人には誰かと一緒でなければ出せない、『正解』もあるということ。

春輝の兄との間に残してしまった未提出の宿題も、そういうものだったのだろう。

一人ではもう、この問題は解けない。

この先も未提出のまま。それでいいのだと思えた。それが『正解』なのだと。

立ち止まっていても日々は戻らない。

どれほど後悔しても、やり直しはできない。

時間は止まることなく、流れ続けていく。

だからもう、自分も前に進まなければならない。

『今』を後悔しないように。

教師として、担任として、顧問《こもん》として目の前にいる春輝たちを、学校から悔《く》いのないように送り出してやる。
それが『イノコリ』した自分の役目で、選んだ道だと素直《すなお》に思えた。
この胸の奥に感じる鈍《にぶ》い痛みが消えたわけではない。
きっと一生、なくなることはないのだろう。
忘れたいと思っているわけではない。
痛みを抱《かか》えながらも、これからの日々を生徒たちと歩んでいく。
その覚悟《かくご》が少しだけできた気がした――。

memory 2 ～メモリー2～

教育実習の五日目、美桜は美術部の顧問である松川《まつかわ》先生に頼《たの》まれ、美術室に顔を出していた。

部員たちが制作しているのは、体育祭で使用する看板だ。

汚《よご》れないようにと、松川先生が学校指定のジャージを貸してくれた。卒業生が忘れていったものらしい。ジャージを着ていると生徒たちにまで、「美桜ちゃん先生、ほんとの生徒みたい！」と言われて少々恥《は》ずかしい。

本当に高校生の頃に戻ったような感じがしてしまうのは、学校内の空気も、生徒たちの楽しそうな様子も、自分たちが通っていた頃のままだからだろうか。

床《ゆか》に置いた大きな看板に、生徒たちと一緒にポスターカラーを塗《ぬ》っていく。

こうしていると、夏樹やあかりが『美桜！』『美桜ちゃん』と、変わらない姿と笑顔《えがお》で声をかけてきそうな気がした。


「美桜ちゃん先生もうちの学校の生徒で、美術部だったんでしょ？」

部員の女子生徒が、筆を動かしながらきく。

「うん。みんなみたいに、遅《おそ》くまで残ってたなあ」

あの頃は、毎日が楽しくて仕方なかった。遅くまで残って、展覧会用の作品を仕上げたり、時には雑談したり。楽しい時間ほどあっという間に過ぎてしまう。

「先生が美術部だった頃、うちの部、展覧会入賞の常連だったってほんと？」

「その頃の絵、まだ残ってるよね。美桜ちゃん先生の絵もあるんじゃない？」

生徒の言葉に、「え？」と手を止める。

「私も美桜ちゃん先生の絵、見たい！」

「先生、こっち！」

生徒たちに促《うなが》されて立ち上がり、一緒に隣《となり》の美術準備室へと向かった。

布をかけられた奥の棚《たな》から、生徒たちがキャンバスを引っ張り出してくる。

「あ、この絵……」

床に並べられた絵の一枚に、自然と目が留まった。

高校三年の最後の展覧会のために描《か》いた絵だった。

卒業後に、顧問だった松川先生から連絡《れんらく》を受けていたのに、理由をつけて取りにこなかった。

多分、この学校に残しておきたかったのだ。

忘れ物を――。

「展覧会で賞をとった作品でしょ？　松川先生が言ってたよ」

「美桜ちゃん先生が高校生だった頃《ころ》、どんな感じだったの？」

「好きな人とかいた？」

取りかこんだ生徒たちが立て続けにきいてくるため、言葉につまった。

顔を赤くすると、その反応を見た生徒たちがはしゃぐ。

「いたんだ！」

「いた……かな」

ごまかすことができず、身を小さくしながら、消え入りそうな声で答えた。

「付き合ってた？」

「そんな、付き合ってなかったよ」

慌《あわ》てて手を振《ふ》って否定すると、生徒たちが瞳《ひとみ》を輝《かがや》かせながら、「どんな人だったの？」ときく。

美桜は戸《と》惑《まど》いながらも、視線を少し遠くへと向けた。

どんな人——。

不思議と色あせない記憶《きおく》。何度も繰《く》り返し、思い返しているからだろうか。

「夢に向かって、真っ直《す》ぐな人……だよ」

美桜は胸によみがえってくるほのかな熱を感じながら、ほほえんだ。

今もそうなのだろう。彼は——。

生徒たちが帰った後の美術準備室で道具を片づけていると、松川先生が顔を出した。松川先生は、美桜たちが美術部にいた頃からあまり変わっていない。サバサバしたところがあって、頼《たよ》りがいもあって、美桜が教師という道に進むきっかけをくれたのも先生だった。

「合田さん、ごめんね、遅くまで手伝わせて。本当に助かったわ」

「いえ、先生、あの……」

「ん？　なに？」

「絵をあずかっていただいて、ありがとうございました」

「あー、あの絵か」

松川先生は思い出したように言った。

「今でも絵、描いてる？」

「はい。絵画教室の方も続けてます」

「聞いてるよ。熱心にやってくれるから助かってるって」

「そうだといいんですけど」

笑みを作って答えると、ポンと背中を叩《たた》かれる。がんばれと、励《はげ》まされたような気がした。

「遅くなったけど、帰り大丈夫《だいじょうぶ》？　送ろうか？」

「大丈夫です。もう少し、片づけて帰りますから」

松川先生は、「鍵《かぎ》、置いておくね」と棚の上に鍵を置いた。

「お疲《つか》れ様でした」

美桜はそう言って、ドアが閉まるのを見届ける。

バケツやパレットを片づけようと、身を屈《かが》めて棚の一番下の扉《とびら》を開いた。

数冊のクロッキー帳が並べられていることに気づく。

あかりや夏樹と一緒《いっしょ》に買いにいったクロッキー帳だった。捨てられずに残されていたようだ。

一冊を取り出すと、裏に『合田美桜』の名前が入っている。

丸椅子《いす》を引っ張り、腰《こし》かけてページをめくった。

練習用のクロッキー帳を埋《う》めていたのは、夏樹やあかり、それに美術室から見た風景だった。

作業台にクロッキー帳を置き、頬杖《ほおづえ》をつきながらじっくり眺《なが》める。

その手が止まったのは——。

笑っている春輝の顔。

何度もなぞった、濃《こ》い鉛筆《えんぴつ》の線。

美桜は目を細め、そっとスケッチを指で辿《たど》る。

そこには、あの頃の自分の想《おも》いがあふれていた。

memory 3　〜メモリー3〜

高校三年の文化祭で、美桜たちのクラスは定番の『メイド喫茶《きっさ》』をやることに決まっていた。

ピンク色のレースのついた衣装は、クラスの女子全員で一週間かけて手縫《てぬ》いしたものだ。

デザインはかわいいのだが、着てみると制服よりも三センチほどスカート丈《たけ》が短くて落ち着かない。

メイド係をやることになったのは、クラスで担当を決める時に推薦《すいせん》されたからだ。

目立つことは苦手だったが、高校最後の文化祭だ。

クラスのみんなも気合いを入れているし、自分も一緒に思い出を作りたかった。

しかし、こうして衣装を合わせてみるとやっぱり恥《は》ずかしくて、カーテンの陰《かげ》に逃《に》げたくなる。

春輝とクラスが別だったのが、せめてもの救いだろう。

こんな格好を見られたら、どんな顔をしていいのか分からない。

『美桜、いる⁉』
教室に駆《か》け込んできた夏樹が、美桜の格好を見てパッと顔を輝かせた。
『やっぱり、カワイイ！　美桜を推薦して正解だった！』
『恥ずかしいから、なっちゃん』
美桜は声を小さくした。夏樹の声で、他《ほか》の生徒たちまでこちらを見ている。
『春輝には、もう見せた？』
『み、見せられないよ！』
考えただけでも心拍数《しんぱくすう》が上がりそうで、首を振った。
『もったいないよ。せっかくだし、ほら行こう！』
なかば強引《ごういん》に引っ張られ、夏樹と一緒に教室を出る。
『待って、なっちゃん。本当にいいよ、私……』
『大丈夫！　春輝、絶対に驚《おどろ》くって』
夏樹に腕《うで》を取られたまま、廊下《ろうか》を走り抜《ぬ》ける。
優と話し込んでいる春輝の姿を見つけると、つまずきそうになりながら立ち止まった。
『優、春輝ーっ！』

手を振《ふ》る夏樹の陰にあせって身を隠《かく》したが、振り返った二人には見られてしまっただろう。

『よお、なつ……』

手を上げた春輝が言葉を止める。とてもその反応を確かめられない。

顔から火が出そうな気がして、うつむいて両手でおおい隠した。

『夏樹、模擬《もぎ》店の方、手伝ってたんじゃなかったのか？』

優が夏樹にきくのが聞こえた。

『美桜がかわいいって聞いたから、見ないわけにはいかないよ。いいなあ、私もこういうの着たかった』

『だったら、最初から喫茶の方にしておけばよかっただろ。担当決める時、なんで真っ先に模擬店に手をあげてたんだよ？』

『えっ、だって、ラーメン作るって言うから、優も模擬店やりたいのかと思って』

『あのな……俺、ラーメン食うのは好きだけど、作るの好きって言ったことないし』

『そうなの？　じゃあ、やっぱり私も喫茶にしておけばよかった。美桜と一緒にメイドさんの格好できたのに！』

夏樹と優の会話ばかり耳に入るが、春輝は黙《だま》ったままだ。

様子が気になって仕方がなかったが、顔を上げる勇気がない。

『そんなことより、合田が困ってるぞ』

『ああっ、そうだ。ほら、美桜！』

後ろにまわった夏樹に両肩《りょうかた》をつかまれ、前に押し出される。

『な、なっちゃん！』

美桜はうろたえて、夏樹を振り返った。

『春輝。ほら、なにか言うことあるでしょ！』

恐《おそ》る恐る顔を正面に戻《もど》すと春輝と目が合い、その瞬間《しゅんかん》にお互《たが》いパッと顔をそらしていた。

(どうしよう……)

自分の心音がやけに大きく聞こえる。

『夏樹、行くぞ。模擬店の準備、まだ途中《とちゅう》だろ』

『あっ、そうだった。美桜、また後でね！』

優に引っ張られながら夏樹が立ち去ると、春輝と取り残された。

なにか言おうと思うのに、頭が真っ白になってしまっている。

『わ……私も、戻らなきゃ』

ようやくそう言うと、『そうだな』と春輝もあさっての方を向いたまま答える。

顔を合わせていられるのも、あと半年ほどだ。

それなのに、ぎこちなさばかりが日々増えていく。

時間がないのにと、あせりばかりが大きくなる。

このまま過ぎてしまえば、後悔《こうかい》するのに——。

もどかしさを感じながら、身をひるがえして歩き出した。


文化祭二日目の昼、美桜は夏樹と一緒《いっしょ》に美術室にいた。

開いた窓から、軽音部の音楽や、模擬店の呼び込み、生徒たちの騒《さわ》ぐ声がかすかに聞こえてくる。

夏樹は真剣《しんけん》な顔をしながら、二本の棒針で毛糸を編んでいるところだ。

『ああーっ！　また、目数を間《ま》違《ちが》えてる！』

声を上げてから、ハアッと脱力《だつりょく》するように机に頭を押しつけていた。

『なっちゃん、がんばるね』

クロッキー帳に色鉛筆《いろえんぴつ》を走らせていた美桜は、手を休めて声をかける。

『美桜みたいにうまくいかないんだよ。こんなペースじゃ、クリスマスまでに完成しないって、絶対！』

夏樹はせっかく編んだ毛糸をスルスルと途中まで解《ほど》く。

先ほどからその繰《く》り返しで、いっこうに進んでいないようだ。

『ストライプが難しいなら、一色で編んでみたらどうかな？』

『うーん、でも優に似合うと思うし……やっぱりストライプ柄《がら》がいいんだ。もうちょっと、がんばってみるよ！』

夏樹が集中して編み始めたので、美桜も手元のクロッキー帳に視線を戻した。

ドアを開けて入ってきたあかりが、『あれ？』という顔をする。

『なっちゃん、瀬戸口君とお昼、食べるんじゃなかったの？』

『優は春輝たちと模擬店かな。私はしばらく、あかりや美桜と一緒に食べるって言ってあるから』

あかりは弁当を手にやってくると、夏樹の隣《となり》に腰《こし》を下ろす。

その視線が、夏樹の編んでいるマフラーに向いた。

『瀬戸口君にあげるマフラー？』

『そうなんだけどね、全然できないから、昼休みは美桜に教えてもらうことにしたんだ』

手を動かしながら、夏樹は目の数を間違えないように口に出して数えていた。

『家に持って帰ると、虎太朗が絡《から》んでくるし』

その時のことを思い出したのか、むっと口を尖《とが》らせている。

『クリスマスは二人で過ごすんだよね？』

『え？　優と？』

夏樹はまるで念頭になかったのか、ポカンとした顔でき返す。

『違《ちが》うの？　せっかく付き合ってるのに』

首を傾《かし》げたあかりに、夏樹は迷うような表情を見せた。

『それは……できれば一緒に過ごしたいなって思うよ。でも、私と優まで出かけたら、虎太朗と雛ちゃんの二人っきりになるんだよね。まあ、虎太朗はよろこぶだろうけど』

夏樹と優の両親は家が隣同士《となりどうし》ということもあり、家族ぐるみの付き合いをよくしているようだ。

去年のクリスマスも親同士が連れ立って出かけたので、四人で過ごしたと話していた。

『そっかあ、むずかしいね』

あかりが弁当を広げながら、思案するように言う。

夏樹は手を休め、『ああ、でもね！』と声を明るくした。

『今年は受験があるから、優もそんなに時間取れないけど、少しくらいは一緒にいられたらなーって、計画は立ててるんだ』

クリスマス特集の雑誌を何冊か買ったようだ。

休み時間も、ウキウキした様子でその雑誌を読んでいる。

（なっちゃん、幸せそうだなあ……）

ようやく告白して、念願の彼氏彼女になれたのだ。うれしくないはずない。

だけど、それは夏樹ががんばった結果だ。

それに比べて自分はためらっているばかりだ。


『そうだ、美桜、毛糸の色変える時ってどうするんだっけ？』

話を振られ、『あ、それはね』と腰を浮《う》かせる。

『違う色の糸をそわせて……切ったところは結んでおくの。後で始末するから』

『そっか、ありがと、美桜！』

慣れない手つきながら再び編み始めた夏樹を見守っていると、『美桜ちゃんはあげないの？』とあかりが話しかけてくる。

『マフラー、編んでたでしょう?』

『あれは……』

夏樹に教えて欲しいと頼《たの》まれた時、ついでにと思って編み始めたものだ。

夏樹と優のように付き合っているのならともかく、告白もできないのに、クリスマスに贈《おく》り物をするのは気が引ける。

それに――。

『他《ほか》にあげたいものがあるから』

『そっか』

『あかりちゃんは、クリスマスの予定、なにか決まってる?』

美桜がきくと、『そうだよ!』と夏樹も編み物を中断して話に加わった。

『もちたに誘《さそ》われた?』

夏樹の口から出た蒼太の名前に、あかりは一瞬《いっしゅん》、口をつぐむ。

それから恥《は》ずかしそうな笑《え》みを浮かべた。

『誘われてないよ』

『もちた……なにやってんの』

もどかしそうに言ってから、夏樹はパッと顔を上げる。

『もしかして、他の誰《だれ》かに誘われたとか!?』

『ううん、家族と過ごすくらいかな。他には予定は入ってないよ』

『お家《うち》パーティーですか……って、うちもだけどさ。でも、そうだよね。あかりの家は仲いいし。美桜も家の人と？』

夏樹にきかれて、『うん』とうなずく。

『でも……大切な人と一緒に過ごせるクリスマスっていいね』

『美桜』

『美桜ちゃん』

二人の視線を受けて、ごまかすように笑みを作る。

告白する勇気はないけれど、せめて思い出だけでも作りたい。

春輝と――。


教室の窓際《まどぎわ》にセッティングされた席で、春輝と蒼太が話をしていた。

映画研究部で制作している映画の進行状況《じょうきょう》を確認《かくにん》しているのだろう。

クラスメイトの冷やかしまじりの視線を背中に受けながら、美桜は緊張《きんちょう》した足取りで水を運ぶ。

『いらっしゃいませ。望月君、春輝君』

ぎこちない動作で二人の前に紙コップを置くと、蒼太が振《ふ》り返った。

『合田さん、その格好すごくいいね！』

『そう……かな？』

『うん、似合ってるよ。ね、春輝？』

蒼太にきかれた春輝は、進行表と書かれた用紙から視線を外す。

その顔には、複雑そうな表情が浮かんでいた。

『俺、今、もちたに越《こ》えられない壁《かべ》を感じた』

『え？　ああ……合田さん、春輝もすっごく……フグッ！』

あせったように立ち上がった春輝が、蒼太の口を手でふさぐ。

びっくりしていると、春輝が強《こわ》ばった表情でこちらを見た。

『美桜、俺、コーヒーな！　もちたもそれでいいよな⁉』

『は、はい、それでいいです』

春輝に気圧《けお》されたのか、蒼太はなぜか敬語で返事する。

ガタッと椅子《いす》を引き、春輝が腰を戻《もど》した。

『そういえば、駅前のケーキ屋さんのケーキ、あるんだよね？』

蒼太が机の上のメニューに目をやってからたずねる。

『あかりちゃんの希望で、スフレとガトーショコラをいれてもらってるよ』

あかりの名前をきいただけで、蒼太の目が温かみを増す。

『じゃあ、スフレも』

美桜は書きとめたメモをポケットにしまい、トレイを抱《だ》きながら戻ろうとした。

その足が止まったのは、『そうだ、合田さん』と蒼太に呼び止められたからだ。

『えっと……早坂さん、だけど』

頬《ほお》をかきながら、蒼太が言いにくそうに切り出した。

『クリスマス、予定とか……なにか言ってなかった？』

（あっ……そっか）

美桜は唇《くちびる》に笑みをのせた。

『あかりちゃんなら、夜はお家で過ごすって言ってたけど、他に予定は入ってないみたいだったよ』

蒼太はうれしそうに、『よしっ！』と小さくガッツポーズを作っていた。

(望月君、がんばってるなあ)
密《ひそ》かに春輝に視線を向けると、頬杖《ほおづえ》をついている。
真剣《しんけん》に手元の進行表を見つめるその横顔に、一瞬だけ迷った。
誘ってみたらダメだろうか?
一緒《いっしょ》に、文化祭をまわって欲しいと。
映画研究部の方が忙《いそが》しいのも、クラス企画《きかく》の手伝いがあるのも分かっている。
少しの時間だけでもいい。それ以上の贅沢《ぜいたく》は言わない。
(困らせるかな?)
でも、高校最後の文化祭だ。
『あ……のっ』
『もちた』
春輝が顔を上げて呼びかける。そのせいで、先を続けることができなかった。
『文化祭終わったら、すぐ作業取りかかれるように後で優と調整……』
立ち去るタイミングを失っていると、春輝が話を中断してこちらを見る。
『美桜、どうかしたか?』
『ううん……春輝君の映画、私も楽しみにしてるね』

一瞬、不思議そうな顔をした春輝に笑みを向け、急いでその場を離《はな》れた。

接客を途中《とちゅう》で抜《ぬ》け出し、美桜は廊下《ろうか》に出た。

『美桜！』

模擬《もぎ》店の係だった夏樹がやってくる。どうやら、夏樹は休憩《きゅうけい》に入ったようだ。

『なっちゃん……』

呼ぶ声に元気がなかったのが気づかれたのだろう。やってきた夏樹が心配そうな表情になる。

『なにかあったの？　もしかして、間違《まちが》えてオーダー取っちゃったとか⁉　よくあるよねー。私もさあ……』

ハアッとため息を吐《つ》いたのは、模擬店の方で失敗したことでも思い出したのだろう。

夏樹はすぐに気を取り直したのか明るい表情になる。

『大丈夫《だいじょうぶ》だよ。やっちゃったものは仕方ないんだし。それとも、まさか……嫌《いや》なお客さんにからまれたりした⁉』

『そうじゃないよ』

手をパタパタと振ってみせる。

『そうなの？　でも、元気ないよ？』

『うん……普通《ふつう》に話すって、難しいなって思って』

『春輝になにか言われた？』

夏樹が真顔になって、声を落としながらきく。

『言われないから、寂《さび》しいのかな？』

そう答えてから、弱い笑《え》みを向ける。

『ありがとう、なっちゃん。話したら、少しすっきりしたみたい』

『美桜……そうだ！　明日《あした》は最終日だし、一緒にお化け屋敷《やしき》、まわらない？』

夏樹がいつもと変わらない笑顔と軽い口調で言う。

『なっちゃん、瀬戸口君とまわるでしょ？』

『いいの、いいの！　優は部活のことばっかり気にしてるし。春輝と変わらないんだから。あかりは実行委員会の仕事があるみたいだし、二人でまわろ』

『うん』

夏樹は『じゃあ、戻るね！』と、手を振って離れていく。

その姿が見えなくなると、ふっと息を吐《は》いた。

『私もがんばらないと』

文化祭はまだ明日もあるのだ。そう思い、顔を上げて教室へ引き返した。


文化祭三日目、美桜は夏樹に誘《さそ》われて入ったお化け屋敷の中にいた。

夏樹の弟である虎太朗と、優の妹の雛のクラスの企画だ。

喫茶《きっさ》の休憩の合間なので着《き》替《が》える時間がなく、メイド服のままだった。

一年生は高校生になって初めての文化祭ということもあり、かなり気合いが入っているらしい。

暗がりのあちこちから、絶叫《ぜっきょう》が上がっている。

黒い幕の張られた細い通路が作られていて、おどろおどろしい音楽が気分を盛り上げていた。

『な……なっちゃん？』

視界の悪い中、辺りを見回しながら呼んでみるが返事がない。先ほど、井戸《いど》の中から飛び出してきた幽霊《ゆうれい》役にびっくりして悲鳴を上げていたが、それきり姿が見えなくなった。

つまり、今の美桜は暗がりの中に一人、取り残されているらしい。

（どうしよう）

ゴールまで行けば、夏樹とも合流できるだろう。
ただ、一人で辿《たど》り着けるだろうか？
よく作り込まれた雰囲気《ふんいき》にのまれて、なかなか足が進まない。
ビクビクしながら辺りを見回していると、不意に肩《かた》をつかまれた。
『キャアアアーッ！』
悲鳴を上げて走り出そうとしたが、肩をつかまれたまま後ろに引っ張られる。
倒《たお》れかけた背中が誰《だれ》かの胸にトンと当たるのが分かった。
『美桜、落ち着けよ。俺だって』
その声に、目頭《めがしら》に涙《なみだ》をにじませながらゆっくりと振《ふ》り返った。
『……春輝、君？』
そこに立っていたのは、携帯《けいたい》を手にした春輝だ。
携帯の光のおかげで、お互《たが》いの顔がかろうじて見える。
思いのほか春輝の顔が間近にあったので、息をのんだ。
春輝も戸惑《とまど》うような表情のまま動かない。
その胸に寄りかかっていたことに気づいて、慌《あわ》てて一歩後ろに下がった。
『誰かと一緒か？』

落ち着かない様子で、春輝が周りを見る。
『なっちゃんと一緒だったんだけど、見失っちゃったみたい。春輝君……は？』
春輝の周りにも、優や蒼太の姿はなかった。クラスメイトも一緒ではないのだろう。
春輝の携帯がメッセージの着信音を鳴らしたので、二人してビクッとする。
携帯に目をやった春輝が、『あいつら』と顔をしかめた。
『どうしたの？』
『優となつきは外にいるって』
『あっ、そうなんだ』
（なっちゃん、そのつもりで誘ってくれたのかな？）
でなければ、都合よく春輝が一人でお化け屋敷の中にいるはずがない。
昨日落ち込んでいたから、気にしてくれたのだろう。
せっかく、夏樹が背中を押してくれたのだ。
美桜はグッと顔を上げて、春輝を見る。
『あの、春輝君！』
『美桜、これから……』
言い出すタイミングが重なってしまい、戸惑って沈黙《ちんもく》する。

『な、なに？』

『いや……美桜こそ』

ぎこちなさに、お互い苦笑《くしょう》した。

『俺ら……なに、やってんだろうな』

『ほんとだね』

一年生の時、まだお互いに出会ったばかりの頃《ころ》のことが思い出された。

さぐりさぐりの会話と、お互いの様子をうかがうような沈黙。

それがもどかしくて、くすぐったくて、でも少しも嫌《きら》いではなかった。

『一緒《いっしょ》に行く……か？　せっかくだし』

『うん、そうだね』

並んで歩き出すが、狭《せま》い通路だと腕が触《ふ》れそうだ。緊張《きんちょう》が春輝に伝わりそうで端《はし》に寄る。

その首筋に冷たい感触《かんしょく》のものが触れ、『ひゃあっ！』と声が出る。

足を止めた春輝がそれをつかんで、引っ張った。

『ただのコンニャクだって』

よく見れば、確かにたこ糸で結ばれたコンニャクだ。

顔を見合わせると、春輝が声を立てておかしそうに笑い出す。

『美桜の顔、すげービックリしてる』

そう言われて、恥《は》ずかしさに顔が赤くなった。

ツボに入ったのか、笑い続ける春輝に、美桜も思わず笑った。

二人で、こんな風に笑ったのは久しぶりだ。

今だけでも、前みたいに――。

『春輝君だって、ビックリした顔してたよ？』

『まあ、驚《おどろ》くよな。いきなりだと』

春輝は顔に当たってくるそれを、わずらわしそうに払《はら》いのける。

『美桜って、こういうの苦手だし』

『うん……得意じゃない、かな』

『ホラー系の映画ダメだもんな』

『でも、楽しいホラー映画は好きだよ？　前に春輝君が貸してくれたでしょう？　怖《こわ》くないからって』

『あれは、ホラーっていうかコメディだろ？』

ぼんやりとした提灯《ちょうちん》の明かりに照らされた春輝の横顔が、楽しそうだった。

『でも、面白《おもしろ》かった』

思い出すとおかしくて、口元がゆるむ。

『よかった……』

春輝がつぶやくのが耳に届き、『え？』とその顔を見た。

二人とも立ち止まり、同じタイミングで視線を向ける。

（今の、よかったって？）

春輝がなにか言いたそうに口を開いた時だ。

『おーうーらーみーもーおおおおーすーっ！』

暗がりから落ち武者が飛び出してきて、仰天《ぎょうてん》する。

春輝も不意を突《つ》かれたのか、硬直《こうちょく》して反応できずにいた。

『は……春輝？』

血糊《ちのり》のついた落ち武者の口から名前が出て、春輝もようやく我に返ったようだった。

『その声、虎太朗か？』

『え？　なっちゃんの弟君？』

美桜は春輝の顔を見てから、落ち武者の方に視線を戻《もど》してまじまじと見た。

『なにやってるんだよ、おまえ』

春輝に問われた虎太朗は、『いや、だから脅《おど》かし役』とばつが悪そうな顔をして答える。

その隣《となり》から、『ああ、もう！』とじれったそうな声が上がった。

破れ提灯を手に、制服姿の女子生徒が勢いよく立ち上がる。

『虎太朗のドジ、いいとこだったのに！』

『なんで、俺がドジとか言われんだよ⁉　脅かせって言ったのそっちだろ？』

『タイミングってものがあるでしょ！』

言い合いをする二人に、春輝も美桜も呆気《あっけ》にとられた。

『雛……ちゃん？』

美桜が呼ぶと、虎太朗の胸倉《むなぐら》をつかんでいた雛がハッとしたように、こちらを見る。

『み、み、美桜ちゃん！　えっと……楽しんでいってね！』

雛はぎこちない作り笑いを浮《う》かべ、虎太朗を引きずりながら暗がりに消えていった。

『えっと……』

（なっちゃんに頼《たの》まれたのかな？）

『虎太朗の落ち武者……！』

春輝が口を手で押さえながら、声を押し殺して笑い出す。その肩《かた》がフルフルと震《ふる》えていた。

『写真、撮《と》っておけばよかった。一生、笑えたのに』

『雛ちゃんと、なっちゃんの弟君、仲いいんだね』

『ああ、まあ、あいつらも幼なじみだからな』

『いいな……』

ポツリともらすと、春輝がこちらに視線を向ける。

『あっ……一緒にいられる時間が長いって、いいなと思って』

慌《あわ》ててそう答えると、春輝も『そうだな』とつぶやく。

『楽しめたな、お化け屋敷《やしき》』

『うん……すごく、楽しかった』

通路の先には、ライトに照らされた『出口』の看板が見えていた。

春輝が頭の後ろに両手をやって歩き出す。

ここを出れば、もう、言えないかもしれない。

今でなければ——。

足を一歩踏《ふ》み出して、手を伸《の》ばした。

驚いたように春輝が振《ふ》り返り、腕《うで》を下ろす。

『美桜？』

『あっ……』

うろたえて、つかんだ春輝のセーターを離《はな》した。

『あのね、春輝君に出会ってから、私……いろんな映画を観《み》るようになったの』

つっかえそうになりながら、なんとか言葉を押し出す。

『前はあまり知らなかった。でも、春輝君にお勧《すす》めの作品を教えてもらって、好きな作品もたくさん増えた』

春輝は戸惑《とまど》うように、こちらを見つめていた。

話し出すと止まらなくなる。

こんなに話したいことがあったことに、自分でも驚いた。

『映画だけじゃないよ。他《ほか》にもいっぱい、春輝君に教えてもらったの』

一緒に見た夕空は、今まで自分が見たこともないほど綺麗《きれい》だった。

その色を、その風景を忘れたくなくて、何度も絵に描《か》いた。

勧められて読んだ小説が面白くて、何度も読み返して映画も観た。今では自分の愛読書だ。

ＣＤショップで試聴《しちょう》した春輝の好きな音楽も、携帯《けいたい》に入れて何度も繰《く》り返し再生している。

人を好きになると、世界が広がるのだと知った。

二人分の世界に――。

（春輝君の目に映る世界を、もっと知りたかったな）

胸の奥から込み上げてきたものを堪《こら》える。

『急にどうした？』
『なんかね、春輝君に伝えたかったの』
今の自分は、精一杯《せいいっぱい》笑えているだろうか？
胸がつまりそうになり、真顔で見つめてくる春輝から顔をそらした。
『なっちゃんたち、待ってるね！』
そう言い、急ぎ足で出口へと向かう。
(少しはがんばれたのかな……私……)

廊下《ろうか》に出た途端《とたん》に、目の中に光が広がる。
駆《か》け寄ってくる夏樹の姿がかすかにぼやけた。
『ごめん、美桜！　私、迷子になっちゃってさ』
『ううん』
美桜は夏樹の両手を取り、顔をほころばせた。
『ありがとう、なっちゃん』
春輝に聞こえないようにそうささやくと、夏樹は気恥《きは》ずかしそうな顔で笑った。

文化祭が終了《しゅうりょう》し、日の落ちた校庭では後夜祭が始まっている。
さわぐ生徒たちの声を遠くに聞きながら、美桜は一人、美術室に残っていた。
美術部の展示物を片づけた後、しばらく文化祭の余韻《よいん》に浸《ひた》っていたかった。
もっと、今が続けばいいのに——。
楽しい時間ほど、あっという間だ。手の中から砂時計の砂のようにこぼれ落ちていく。
机に広げた練習用のクロッキー帳に、ぼんやりしながら鉛筆《えんぴつ》を走らせる。
無意識に描いた春輝の顔を眺《なが》めていると、手が止まった。

一緒《いっしょ》に帰る、束《つか》の間の時間。
教室でのなんでもない会話。
廊下ですれ違《ちが》う時にかけてくれる、さりげない挨拶《あいさつ》。
映画の話をしてくれる時の、楽しそうな瞳《ひとみ》。
映画撮影《さつえい》に打ち込んでいる時の真剣《しんけん》な表情。

三年間、少しずつ積み重ねた気持ちは、気づいてみればこんなにも大きくなり、心からあふれそうになっている。

『春輝君……私、どうしたらいいの？』

この場にいない相手に向けて問いかけてみたところで、答えは返ってこない。

うつむいて、クロッキー帳のページの端《はし》を握《にぎ》りしめた。

『美桜？』

不意に名前を呼ばれて、弾《はじ》かれたように顔を上げる。

ドアのところに立っていたのは春輝だった。

『春輝君、みんなは？』

美桜は少し驚《おどろ》きながらきく。

『校庭にいる。なつきや早坂がさがしてたぞ。来るの、遅《おそ》いって』

春輝が美術室に入ってきたので、あせってクロッキー帳を閉じた。

『ちょっと、ぼんやりしてたみたい』

ペンケースにしまいかけた鉛筆を取り落とす。

それは机を転がり、床《ゆか》でカランと音を立てる。身を屈《かが》めようとすると、春輝が先に拾い上げてくれた。

『大変だったな。メイド喫茶《きっさ》とか……騒《さわ》がれるの、嫌《きら》いなのに』

『でも、楽しかったよ。みんなで準備して、がんばって。いい思い出になったから……やってよかったな』

そう答えると、春輝の瞳が優《やさ》しくなったような気がした。

『お疲《つか》れ様』

頬《ほお》に触《ふ》れた缶《かん》の感触《かんしょく》に、春輝の顔を見る。

『……時間経《た》ったから、冷めたかも』

受け取った缶は、ホットレモンティーだった。

『ううん、温かい』

もう一度、缶を押し当てると、じんわりと頬が温まる。

それが心地《ここち》よくて、そっとまぶたを伏《ふ》せた。

『美桜……あの……な』

いつもより低めの声に目を開くと、春輝が真剣な顔をしている。

続く言葉を待っていたが、なかなか言い出さないのでジワリと不安が胸に広がった。

高校を卒業したら、もう会うことはない。
そんな、『さよなら』の言葉だったら？
春輝は映画の勉強のため、アメリカに向かう。
だから、今は自分の気持ちを言わないと決めた。
美桜は両手で缶を包み込み、唇《くちびる》を引き結ぶ。
もし、もしも——。
今、想《おも》いを告げたら？
自分と春輝の『物語』の結末が、ほんの少しでも変わるだろうか？
淡《あわ》い期待を抱《いだ》いている自分に気づき、足元を見つめた。
分かっているのに。
自分には自分の選んだ道がある。
春輝には春輝の選んだ道がある。
卒業すれば、春輝に会えないことが当たり前の日常になっていくのだろう。
（そんなの……ヤダよ……）

『おい、美桜？』

戸惑《とまど》う声と、肩《かた》をつかむ手にハッとする。

『やっぱり、なにかあったんだろ？』

『……言えないよ』

押し出した声がかすれていた。

目頭《めがしら》にたまっていく熱を、目一杯力を込めてこらえた。

春輝はなにか言いかけたが、思い止《とど》まったのか口を閉じた。その手がゆっくりと離《はな》れていく。

『ごめんなさい』

クロッキー帳をつかみ横を通り抜《ぬ》ける時、立ち尽《つ》くしている春輝の唇が、『なんで』と動いたように見えた。

美術室を出ると、クロッキー帳を腕《うで》に抱きながら、急ぎ足で立ち去った。

（ごめんね、春輝君……）

ちゃんと、笑って見送るから。

気持ちを伝えるから。

その時まで、もう少しだけ、待っていて――。

卒業式の日に贈《おく》ったクロッキー帳と、たった一文のメール。
精一杯《せいいっぱい》、勇気を振《ふ》りしぼって伝えた想いは、届いただろうか？
クロッキー帳を手に美術室を出た美桜は、ドアに鍵《かぎ》をかける。
そして、懐《なつ》かしい記憶《きおく》の余韻にひたりながら、一人、廊下《ろうか》を歩いていった。

memory 4 〜メモリー4〜

放課後になり、明智咲は帰宅や部活のために散っていく生徒たちとすれ違いながら廊下を通り抜け、教室へと向かう。

ドアを開くと生徒たちの姿はなく、小さな花束を手にした美桜だけが窓際《まどぎわ》に佇《たたず》んでいた。

今日で教育実習は終わりだ。花束はクラスの生徒たちから贈られたものだろう。

「ご苦労さん」

声をかけながら中に入ると、景色をぼんやり眺《なが》めていた彼女が振り返った。

「明智先生」

「美桜ちゃん先生、バイバイ！」

窓の外で生徒たちが手を振っている。

顔を戻《もど》した美桜は手を振り返して生徒たちを見送った後、ゆっくりとその手を下ろした。

「生徒って、カワイイものですね」

「でしょ？」

春輝や美桜たちがいた頃《ころ》を思い出しながら、白衣のポケットに両手をしまう。

「……この前、合田にきかれたよな」

並んで立ちながら、窓の外に視線を向ける。

「なんで、教師になったのかって」

「はい……」

「本当は、教師になるつもりはなかったんだ」

高校生の頃の自分は、学校も教師も、それほど好きではなかった。

「まして、古典の勉強をしても、専門家にでもなるんじゃなきゃ、日常生活で役に立つ場面とかそうそうないだろ？　ありをりはべりいまそかり……なんてさ」

学んだところで、なんの意味があるのか。そう思っていた。


それが自分にとって意味のあることになったのは、万葉集や古典に綴《つづ》られているものが、今を生きる人の『想い』と同じものだと気づいた時だった――。

千年前から変わらず、繰《く》り返される『出会い』と『別れ』。

誰《だれ》かを想い、恋《こ》い焦《こ》がれ、時には会えない相手に想いを馳《は》せて、別れに涙《なみだ》する。

そんな、連綿と繰り返される営みの中で、自分たちもまた、生きている。

「歴史上の有名人でもない限り、誰かが生きていたことなんて、そのうち忘れ去られるだろ？」

だけど、古典に残された人の『想い』は、千年経《た》った今も残り、変わらないものがあることを教えてくれる。

「誰かの想いを次に伝えることで、その誰かが生きていた証《あかし》を残せるなら、そのことには意味があるんじゃないか……そう、思ったんだ」

美桜に、「それが最初の理由だよ」と、苦みを含《ふく》んだ笑《え》みをかすかに浮《う》かべる。

高校の頃の自分がどうしても答えを出せない問いにぶつかり、なんとか答えを出そうとして導き出した精一杯の『解答《こたえ》』だった。

「正直、ずっと自分の出した答えが正解だったのかどうか、分からなかった」

春輝にきかれた時、すぐに答えられなかったのはそのためだ。

人生の選択《せんたく》はテストの解答ほどシンプルではない。

時間が経ってみなければ、自分の出した答えが正しかったかどうかは分からない。

「今でも、迷っていますか？」

美桜にきかれて、かすかに笑う。

「今は正解だったと思ってるよ」

春輝や美桜たちも、自分の進むべき道の答えをさがしていた。

その姿は、かつての自分を見ているようで本当に歯がゆかった。

彼らと三年間向き合い、答えを出して卒業していくのを見届けた時、ようやく迷い続けていたことに答えが出せたと思えた。

悩《なや》みながらも、前に進もうとする生徒たちの力に、少しでもなれたのなら、自分が立ち止まり続けていた日々も、無駄《むだ》ではなかったのだろう——と。

「……精一杯、向き合えたかどうかは分からないけどね」

「向き合えていたと思います。みんな、先生のこと好きだったから。一緒《いっしょ》に歩いてくれた先生だったから」

そう言って、彼女は顔をほころばせた。

「春輝君も、そう思ってたと思います。私といる時、映画の話と同じくらい先生の話もしてたから……私、先生に少し妬《や》いてたんですよ?」

(俺の前じゃ、いつも合田の話ばっかりだったよ)

それは、春輝が自分で伝えるべき言葉だ。そう思い、胸の中にそっとしまう。

かわりに、「素直《すなお》じゃないからね、あいつは」と答えた。

風の温かさが心地《ここち》いい。

「明智先生？」

美桜に呼ばれて、窓の外に向けていた視線を戻す。

彼女は表情を引きしめると、深く頭をさげた。

「ありがとうございました」

驚《おどろ》いて見つめていると、美桜は頭を上げて表情を和《やわ》らげる。

「私、先生のような教師になりたいです。生徒とちゃんと向き合える、一緒に答えを出せる先生になれるようにがんばります」

真っ直《す》ぐな瞳《ひとみ》を向けてくる教え子に、一瞬《いっしゅん》どんな顔をすればいいのか分からなくなる。

「……うれしいこと、言ってくれるね」

冗談《じょうだん》めかして言ったつもりなのに、そう聞こえなかった。

本当に、うれしかったから――。

美桜は改まって、もう一度頭を下げる。それから、笑みを残して教室を出ていった。

その背中に、「がんばれ、合田」と餞《はなむけ》の言葉を贈る。

窓の枠《わく》に両手をかけながら、晴れ渡《わた》った空を見上げた。

ここで見る風景も、何年目になるのだろう。

そう思いながら——。


七年ぶりに日本に戻った春輝は、その足で懐《なつ》かしい母校へと向かった。

なにもかも変わらない風景に、ああ、戻ってきたのだと実感する。

ポケットに入れていた電話が鳴り出し、取り出して相手の名前を確かめた。それを耳に運ぶ。

「優か？　久しぶり……ああ、ちゃんと出るって。だからこうして帰ってきたんだろ」

明日《あした》に控《ひか》えた、優と夏樹の結婚《けっこん》式。高校時代の写真や動画をかき集め、サプライズムービーを用意した。蒼太と打ち合わせて流すつもりでいるが、二人がどんな反応をするのか楽しみだ。

「……これから、会ってくる」

高校時代の写真や動画を編集しながら、何度か彼女の姿に手が止まった。

時間が経てば、色あせるかと思った想《おも》いは、七年経った今も不思議と変わらなかった。

『ずっと待ってる』

日本を発《た》つ日、彼女が贈《おく》ってくれた一言。

それを信じられたから——。

「じゃあ、明日な」

電話を切り、ボストンバッグの外ポケットに押し込んだ。

そのまま、春先の澄《す》んだ空を見上げる。

(明日、晴れるといいな)

待っていると、校舎から急ぎ足で誰かが出てくる。

グレーのスーツと黒の革靴《かわぐつ》、肩《かた》には白のバッグをかけた教員らしき女性だった。

桜の古木の枝についた薄《うす》ピンク色のつぼみに気づいたのだろう。その足が途中《とちゅう》で止まる。

物思いにふけるように見上げているその姿に、時が止まったような気がした。

ドクンと心臓が跳《は》ねる。

駆《か》け寄りたい衝動《しょうどう》を抑《おさ》えて、一歩だけ、足を踏《ふ》み出した。

声をかけると、ゆっくりと振《ふ》り返った彼女の顔に驚きの色と、少し泣きそうな表情が浮かぶ。


伝えられなかった想いを、君に届けよう。

今度こそ、その手を取れるように——。


六限目の授業を終えると、明智咲は生徒たちが教室から飛び出していくのを見届けてから板書を消す。

黒板消しを置き、白衣の袖《そで》についたチョークの粉を軽く払《はら》った。

ふっと息を吐《つ》いてから、出席簿《ぼ》を手に職員室に戻《もど》ろうとした時だ。

「明智先生」

呼ばれて入り口を見れば、美桜が立っていた。

大学を卒業した彼女は、今、母校でもある桜丘高校の教員として勤めている。美桜の同級生だった榎本夏樹と、瀬戸口優の結婚式を明日に控え、今日は早めに帰ると聞いていた。

「合田先生、忘れ物でも……」

「咲兄」

美桜の横から顔をのぞかせた春輝を見て、目をみはる。

唇《くちびる》が「春輝」と動いたが、声にはならなかった。

教室に入ってきた春輝は目の前に立つと、手で身長を比べ、ニッと白い歯を見せる。

「ようやく、咲兄に追いついた」

うれしそうに言う春輝に、高校の入学式の春輝が重なって見えた。

あの頃《ころ》は、身長がまだ八センチほど足らなかったのに、今は目線が同じ。

顔立ちももう、すっかり大人びていた。

それなのに、呼び方も笑い方も少しも変わっていない。

自分の周りの時間は、気づかないうちにゆっくりと、優《やさ》しく流れている。

だけど、今は取り残されているという感じはしなかった。

それは自分も前に進んでいるからだろう。

「咲兄？　久しぶりに会いにきた教え子に、なんにもなしかよ？」

「おかえり、春輝」

そう言ってほほえむと、「ただいま」と春輝が笑った。


学校で、生徒たちが成長していく姿を、彼らが選んだ先の未来を見守っていけるのなら、『イノコリ先生』というのも悪くはない。

それが、今の自分が出した『解答《こたえ》』だ――。

三角ジェラシー

Text；香坂茉里《こうさかまり》

name. 榎本《えのもと》虎太朗《こたろう》
誕生日/11月29日
いて座
血液型/O型
サッカー部所属。
夏樹の弟。やんちゃで
喜怒哀楽が激しい。
幼なじみの雛のことが好き。
name. 瀬戸口《せとぐち》雛《ひな》
誕生日/8月8日
しし座
血液型/A型
陸上部所属。
優の妹。いつも明るく、
前向き。恋雪のことが
気になっていたけど…?
name. 綾瀬《あやせ》恋雪《こゆき》
誕生日/8月28日
おとめ座
血液型/A型
園芸部所属。
外見を変えて
女子の注目の的に。
夏樹のことが好き。

memory 1 ～メモリー1～

幼稚園《ようちえん》の頃から、榎本虎太朗のライバルは決まっていた。

隣《となり》の家に住む瀬戸口雛の、二歳年上の兄、瀬戸口優。

ブラコンの雛は、この兄をどうやら男の理想像だと思っているらしく、昔から他《ほか》の男に対する評価が辛《から》かった。


（まあ、あの兄貴じゃ、仕方ないよな）

雛の兄、優は虎太朗にとっても憧《あこが》れの存在だ。

かっこよくて、スポーツもできて、勉強もできて、人望もあって、近所の評判も上々。

唯一《ゆいいつ》欠点があるとしたら、女子を見る目がないということくらいだろうか。

優が付き合っている相手というのが、よりにもよって、虎太朗の姉である夏樹だ。

虎太朗は物心ついた時からずっと優を目標にしてきた。

サッカーを始めたのも、優がやっていたからだ。

優以上の『いい男』にならなければ、雛には相手にされない。

そう思って、努力をしてきた。

ところが、中学の時、雛の前に突如《とつじょ》として現れたその相手は、優とは似ても似つかない地味めで影《かげ》の薄《うす》い、まるで透明《とうめい》人間みたいな男だった。

綾瀬《あやせ》恋雪《こゆき》――。

華奢《きゃしゃ》で色白、頼《たよ》りなくて、目立たない上に、おまけに歩いているだけでゴミ箱に激突《げきとつ》するようなドジだ。

ライバル？

目障《めざわ》りで馴《な》れ馴れしいアイツが、そんなものになるはずがないと、油断していたのは事実だ。

雛のダメなところも、きらいな食べ物も、好きなものも、全部知ってる。

ずっと、隣で見てきた。

あんな未完成なナイトよりも自分の方が、雛を分かっている。

恋雪が中学を卒業してしまえば、すぐに忘れるだろう。

そう思っていたのに、雛は高校に入ってもまだ、片想《かたおも》いを引きずっていた。

それどころか、顔を合わせるようになって、もっと想いが強くなったようだ。

雛と優と三人で一緒《いっしょ》にいた時、姉の夏樹と恋雪が二人で歩いているのを偶然《ぐうぜん》見かけたことがある。

雛の存在に気づくことなく、楽しそうに立ち去る二人を、雛はただ静かに見つめていた。

その瞳《ひとみ》ににじんだ涙《なみだ》を見て、雛が『本気』なのだと知った。

あの日から、ライバルは優ではなくて、恋雪になった。

それなのに――。

十一月も半ばを過ぎ、ぐっと冷え込んできた。

学校の敷地《しきち》内に植えられている桜の木も、紅葉してパラパラと色づいた葉を落としている。

放課後、運動部のかけ声や、演劇部の発声練習の声を聞きながら、虎太朗は裏庭の土を掘《ほ》り返す作業をしていた。

鍬《くわ》を振《ふ》り下ろす腕《うで》もそろそろ疲《つか》れてきて、一休みしながらため息を吐《つ》く。

肌寒《はだざむ》いのに、額から汗《あせ》が流れてきた。

空を見上げれば、一雨きそうな濁《にご》った雲が広がっている。

天気は連日こんな感じで、晴れ間がのぞく日の方が珍《めずら》しい。


秋になれば園芸部は暇《ひま》になるだろ、なんて考えていたのはどうやら大間違《おおまちが》いだったようだ。

虎太朗はジャージのポケットから土汚《よご》れのついたメモを取り出す。

それは園芸部の部長だった恋雪に渡《わた》されたものだ。


『十一月のやることメモ』

そう書かれた紙には、事細かに指示が記してある。

春先の花の種まきや苗《なえ》植えだけではない。

恋雪が文化祭後に生徒会にかけあい、裏庭に園芸部用の花壇《かだん》を作る許可を取りつけてきた。

雑草が生え放題になっていた一角だ。

そこを冬の間に耕しておき、来年の春植えの花のために土作りをしておきたいらしい。

虎太朗が掘り返しているのがその場所だが、乾燥《かんそう》しきっているため土は硬《かた》く、石だらけだ。

おかげで、体力を消耗《しょうもう》するばかりで、一向に作業がはかどらなかった。

「ったく……人使い荒《あら》すぎだっての」

そんな風にぼやいていると、張本人の恋雪がやってくる。


本来なら、三年生はすでに部活を引退している時期だ。

しかし、恋雪は受験生だというのに、ほぼ毎日のように顔を出す。

「榎本くん、どうですか？」

ジャージに着替《きが》えているということは、作業に加わるつもりなのだろう。

虎太朗の隣にやってくると、前屈《まえかが》みになって地面の状態を見る。

「こんなとこ、雑草しか生えてこないんじゃねーの？」

「中庭の花壇も、最初はこんなものでしたよ。大丈夫《だいじょうぶ》、手入れをすればちゃんと使えるようになりますから」

「簡単に言うなよ」

げんなりしながら言ったが、恋雪は相変わらずニコニコしている。

その『使える』状態にするためには、相当な労力がいるだろう。

（だけど、中庭の花壇……こいつが一人でやったんだよな？）

そう思うと、文句を言う気も失《う》せた。

細腕の恋雪にできたことを、サッカー部できたえている自分ができないはずはない。

それに、できないなんて口にするのは、恋雪に負けを認めるようで腹立たしい。

（やってやろうじゃん！）

見てろと、気合いを入れるように鍬を振り下ろすと、先が石に当たった。

身を屈めて拾い上げ、花壇の外に置いてある一輪車に投げる。

「これ、捨ててくるんですよね？　僕、行ってきます」

恋雪は張り切って、石の積まれた一輪車の持ち手をつかむ。

「重いから、あんたじゃ無理だって！」

慌《あわ》てて止めたが、恋雪は「大丈夫、大丈夫」と言いながら一輪車を押し始めた。

案の定、ヨロヨロしていて危なっかしい。

「あっ、前、見ろよ！」

「はい？　わっ、うわあああ⁉」

言ったそばから、木に激突してひっくり返していた。

（マジかよ、ダセー……）

思わず目をおおう。

雛は、この恋雪のいったいどこを気に入ったというのか。

園芸部に入り、一緒に作業する時間も、話す機会も多くなったが、いまだに恋雪のよさがさっぱり分からなかった。

むしろ、知れば知るほど、「どうしよーもねー」と思うばかりだ。


オタオタしながら石を拾い集めている恋雪のそばに行き、しゃがんで手伝う。

「すみません、これじゃあ逆に邪魔《じゃま》しちゃってますね」

恋雪が申し訳なさそうに謝ってきた。その表情も態度も、少しも先輩《せんぱい》らしくはない。

虎太朗は短い髪《かみ》に手をやって、ハアッとため息を吐く。

「そんなことより……いいのかよ、受験勉強」

「心配してくれるんですか？」

恋雪の言葉に、思い切り顔をしかめた。

「はっ⁉　してねーし。余裕《よゆう》ぶっこいてるみたいだから言っただけだ」

つい、ケンカ腰《ごし》になる。

(なんで、俺がこんなやつの心配なんか。冗談《じょうだん》じゃねー！)

恋雪がかなりランクの高い大学を狙《ねら》っているのは、姉の夏樹から聞いて知っている。

恋雪の成績は学年でもトップクラスらしいから、いまさら慌てる必要はないのかもしれない。

「確かに油断大敵って言いますもんね。アドバイス、ありがとうございます」

いつものようにほわっとした笑《え》みで言われ、ムカムカしてきた。

少しは敵対心でも持っていてくれた方がやりやすいのに、いつだって好意的だ。

恋雪にとって、自分は『ライバル』になりえない。

雛のことを、『後輩《こうはい》』としてしか見ていないから。

「榎本くんは優《やさ》しいなあ、やっぱり、きょうだいですね」

そう言って、恋雪は目を細める。

「夏樹は関係ねーだろ！」

やっぱり、恋雪が好きなのはまだ——。

昇降口《しょうこうぐち》のところで恋雪に告白しようとしていた雛の、泣きそうな笑みを思い出した。

（くそ、やっぱこいつムカつく）

立ち上がって一輪車を押そうとすると、恋雪も腰を浮《う》かせた。

「あ、僕が」

「あんたがやると仕事が増えるだけだ」

先輩に対する口の利《き》き方ではないと分かってはいるが、改めるつもりはなかった。

恋雪も特にそのことについて文句を言ってくる様子はない。むしろ、いつもうれしそうだ。

「気をつけてくださいね！」

手を振りながら笑顔で見送る恋雪に、ますます気疲《きづか》れした。


「虎太朗！」

石を捨てて引き返そうとしていた虎太朗は、声のした方を振り返る。

走ってくるのは、雛だった。

陸上部の練習をしていたらしく、ユニフォームの上にジャージを着ている。

足を止めて待っていると、雛は息を整えて見上げてきた。

「恋雪先輩は？　裏庭の花壇？」

「もう、とっくに帰ったんじゃねーの？」

雛が瞳《ひとみ》を輝《かがや》かせるのは、決まって恋雪の話をする時だ。

面白《おもしろ》くないものを感じて、さっさと歩き出す。

「さっき、ジャージで裏庭に向かうの見たもんね！」

雛は不機嫌《ふきげん》な顔になり、追い越《こ》していく。

「知ってんなら、きくなよ」

ムキになって歩調を速めるとにらまれた。

「大会、近いんだろ。練習に戻《もど》れよ。サボってると、あとで泣き見るぞ」

虎太朗がサッカー部と園芸部をかけ持ちしているように、雛は陸上部と兼部《けんぶ》していた。

今は大会が近く、陸上部の練習が忙《いそが》しいため、あまり園芸部には顔を出さない。

「サボってないから。練習が終わったから来たに決まってるじゃん」

「ふーん、そーですか」


言い合いをしながら歩いているうちに、裏庭に辿《たど》り着く。

恋雪は律儀《りちぎ》に雑草抜《ぬ》きに励《はげ》んでいるところだった。

「恋雪先輩ーっ！」

手を振《ふ》る雛に気づいて、恋雪が笑顔になる。

「あ、瀬戸口さん」

「私も手伝います」

雛は満面の笑みを浮かべながら、一目散に駆《か》け寄っていく。

（出たよ、いい後輩アピール）

相変わらず、雛の目に映るのは恋雪ばかり。

その視線は虎太朗をすり抜けてしまう。

「先輩、私、今日の練習で自己ベストタイム、出したんですよ」

「すごいじゃないですか。瀬戸口さんががんばった成果ですね。きっと、今度の大会も大丈夫《だいじょうぶ》ですよ」

「はいっ！」

褒《ほ》められてうれしかったのか、雛は頬《ほお》を紅潮させながら返事をしていた。

こちらを振り向きもしない。恋雪と楽しそうに話をしながら、せっせと草取りをしている。

虎太朗はなにも言わずに二人に背を向け、その場を離《はな》れる。

逃《に》げているみたいでかっこ悪いが、雛と恋雪が仲良くしているところなんて見たくなかった。


中庭の花壇《かだん》に移動して、長いホースを引っ張りながら水まきをする。

この花壇は文化祭直前の日に嵐《あらし》にあい、花が全滅《ぜんめつ》してしまった。
植えてあったのは、小さなヒマワリのような黄色い花。
ルドベキアというらしい。恋雪は雛をこの花のようだと言った。
強くて、太陽の光をいっぱいに受けて、空を向きながら咲《さ》く健気《けなげ》な花だから。
あの後、雛と恋雪が植え直したルドベキアは、まだ花を咲かせている。
「俺にはあんな顔、見せねーくせに」
雛が恋雪に向ける笑顔を思い出し、虎太朗はふてくされたようにつぶやいた。
いつになったら、自分に視線を向けてくれるのか。
虎太朗は八つ当たり気味に、花壇一面に水をまき散らした。

memory 2 ～メモリー2～

サッカー部の二年生が校庭を使っている間、虎太朗たちはロードワークに出ていた。

一年生の練習メニューは基礎《きそ》トレーニングがメインだ。部員たちの間からは「ボール、蹴《け》りてーっ！」と不満の声も上がっているが、仕方がない。


木々の紅葉した公園の中を走り抜ける時、桜丘高校のジャージを着た男子生徒が身を屈《かが》めてなにかをしているのを見つける。

それが恋雪だと気づいて、足が止まった。

「なにしてんだよ、こんなところで！」

思わず声をかけると、恋雪が体を起こしてこちらを見る。

「あっ、榎本くん」

なぜか落ち葉まみれになっている恋雪に、一緒《いっしょ》に走っていた部員たちも気づいたようだった。

「あれ、三年の綾瀬先輩《せんぱい》だろ」

「なにやってんだ？」

そんな声が聞こえてきて、虎太朗は恥《は》ずかしさを覚えた。

（他人のフリすりゃよかった）

うかつに声をかけてしまったことを後悔《こうかい》したが、目が合った以上、無視もできない。

歩み寄ると、恋雪は自分の髪《かみ》や肩《かた》についた葉っぱを、パンパンと払《はら》っていた。

そばに置かれたビニール袋《ぶくろ》には、落ち葉が一杯《いっぱい》につまっている。

「……ゴミ拾いでもしてたのかよ」

「いえ、落ち葉を集めてたんです」

「なんでそんなもん、集めてるんだよ？」

イライラしながらきくと、恋雪は身を屈めて軍手でかき集めた落ち葉を袋につめる。

「この前、榎本くんが耕してくれた裏庭の土に入れようと思って。いい腐葉土《ふようど》になるから」

その言葉に、文句の言葉が出なくなる。

部活仲間は先に行ったようだった。

すぐに後を追いかければいいものの、迷った末にその場にしゃがむ。

落ち葉を素手《すで》で袋につめると、恋雪が戸惑《とまど》うような表情を見せた。

「榎本くん、部活中でしょう？　僕のことは気にしないでください」

「俺だって、園芸部だ。一応」

「でも、怒《おこ》られるんじゃ……」

「ちゃんと走るし、サボるわけじゃねーよ。それより、どれくらい集めるんだ？」

そうきくと、恋雪はビニール袋をもう一枚取り出した。

「二袋くらいあれば十分ですよ」

たまっているのは一袋だけだ。

虎太朗は恋雪の手からビニール袋を引ったくり、ガサガサと落ち葉を集める。


「あらあら、焼き芋《いも》でもするのかしら」

笑いながら通り過ぎていく老婦人に、恋雪はペコッと会釈《えしゃく》して笑《え》みを返していた。

「焼き芋いいですね。落ち葉が余ったら、みんなでやりましょうか」

恋雪が手を動かしながら、のんびりした口調で言う。

「なんでだよ……」

小声できくと、恋雪が「え？」と首を傾《かし》げた。

「榎本くん、サツマイモ嫌《きら》いでしたか？」

「そうじゃなくて！　なんで、そんなに園芸部にこだわるんだよ。あんた、卒業して来年はいないだろ」

「……そうですね」

膝《ひざ》を抱《かか》えながら、恋雪は少しばかり目を細めた。

「苦労して土作ったって、意味ねーじゃん」

花を植えて、それが咲く頃《ころ》にはもう恋雪は学校にいない。

受験を控《ひか》えた貴重な時間を犠牲《ぎせい》にしてまで、やることなのだろうか。

「園芸部に二年のみんなや、榎本くんや、瀬戸口さんが入ってくれた時……とてもうれしかったんです」

恋雪は、言葉を選ぶようにゆっくりと話す。

「もっと時間があればよかった。ちゃんと基礎から教えたかったし、一緒に雑草を抜いたり、水やりをしたり、苗《なえ》を選んだりしたかった」

一緒に落ち葉を集めながら、虎太朗は恋雪の言葉を黙《だま》ってきいていた。

「先輩らしいことなんて、なにもできなくて、押しつけるみたいにしてみんなに引き継《つ》いだから、それが申し訳なくて。せめて、できる限りのことをして、卒業したいんです」

「あんた……やっぱり、全然、分かんねー」

うなだれてつぶやくと、恋雪はただ穏《おだ》やかに笑うばかりだった。

部活を終え、帰り支度《じたく》をすませて校舎を出た時には、夕日が西に沈《しず》みかけていた。

肩に鞄《かばん》をかけながら歩いていると、階段の所でたたずんでいる雛の姿を見つける。

声をかけようとしたが、その視線の先に恋雪の後ろ姿があることに気づいて足を止めた。

ひどく頼《たよ》りなげなその横顔に、子供の頃を思い出した。

優や夏樹に置いていかれて、家の前で泣きそうな顔をしていた雛。その時と同じ表情だ。

虎太朗は、鞄を持つ手に力を込める。

好きな相手の瞳《ひとみ》が自分を映さない。その辛《つら》さは、痛いほどよく分かる。

雛が今、感じているはずの胸の痛みも。

それは、自分が感じているのと同じものだから――。


いつまであいつのこと、引きずってんだよ。

俺なら、そんな辛そうな顔なんてさせないのに。

お前の笑わせ方なら、よく知ってる。

だから、なあ、こっち見ろよ。


そう言えば、雛はどんな顔をするだろう。

「……ずっと隣《となり》にいたのは俺なんだ」

つぶやいた声は雛に届かない。


目を伏《ふ》せた時、ふっと視線を感じた。

続けて、「虎太朗？」と呼ぶ声が聞こえる。

顔を上げると、雛が振《ふ》り返っていた。

顔が赤くなっているのは、恋雪を見つめていたところを見られたからだろうか。

「な、なにやってんの？」

うろたえている雛に、「お、おう！」と片手を上げてみせる。

ぎこちなさが漂《ただよ》った。

雛がギュッと唇《くちびる》を引き結び、背を向ける。

「待てよ、雛」

追いかけて隣に並び、しばらくの間、お互《たが》いに別の方を向いたまま歩き続けた。

「恋雪が……焼き芋しようって言ってたぞ」

ぼそっと言うと、雛がこちらに顔を向ける。

「恋雪先輩、でしょ！　サッカー部や園芸部の他《ほか》の先輩には礼儀《れいぎ》正しいのに、なんで恋雪先輩だけ呼び捨て？」

「……先輩って認めてねーからな。悪いかよ？」

「負けず嫌い。そういうとこ、昔から全然変わらないよね、虎太朗は」

それは、譲《ゆず》れないものがあるから。

虎太朗は横目でチラッと雛を見た。

「それにしても、みんなで焼き芋なんて、楽しそうだよね！」

伸《の》びをしながら笑った雛に、密《ひそ》かに安心する。

泣きそうな顔をしているよりも、雛は笑っている方がいい――。


翌日の昼休み、虎太朗は図書室にいた。

利用しているのは、ほとんどが受験勉強中の三年生たちだ。

邪魔《じゃま》にならないように、窓際《まどぎわ》の隅《すみ》の机で本を広げる。

しばらく読むことに集中していると、「うわ、マジでいた。なに、読書?」と声がする。

本を取り上げられて、虎太朗は顔を上げた。

虎太朗の中学時代からの友人である柴崎健《しばさきけん》と、山本幸大《やまもとこうだい》が一緒《いっしょ》にいた。

「なんだよ、悪いかよ。つか、本返せって」

不機嫌《ふきげん》な声で言って本を取り返そうとしたが、さっと避《よ》けられる。

シバケンこと柴崎健は、おもしろがるように本をパラパラとめくっている。

「花言葉とか、真面目《まじめ》に勉強してんだ。偉《えら》いじゃん」

「おまえが勧《すす》めたんだろ?」

声をひそめて、シバケンの手から本を奪《うば》い返す。

「あれ、そうだっけ?」

話し声が邪魔だったのか、周囲の三年生からにらまれてしまった。

「シバケン、声大きい。追い出されるよ」

いつもと変わらず淡々《たんたん》とした口調で幸大が注意する。

二人はどうやら立ち去るつもりはないらしく、椅子《いす》を引いて向かいの席に座った。

「園芸部、よく続くよな。雑草もすぐ枯《か》らすって評判の虎太朗が」

「誰《だれ》がそんなこと言ったんだよ？」

「んー……瀬戸口？」

シバケンは頬杖《ほおづえ》をついたまま答える。その視線は、携帯《けいたい》の画面に注がれたままだ。

「雛？」

「小学校の時に植えたチューリップも、アサガオも、プチトマトも、ゴーヤもクラスで一人だけ枯らしたんだって？」

（雛のやつ、余計なことを……しかも、シバケンに）

「っせーな、悪いかよ」

「感心してんだよ」

熱心に携帯をつつきながら、シバケンはかすかに笑う。

その視線が、チラッと虎太朗の方に向けられた。

「まあ、やめられないか。『雛ちゃん』が、いるもんな」

シバケンの口から『雛』の名前が出るのを聞いて、ドキッとした。

「園芸部入ったの、部員が足らなかったからだろ？　別に幽霊《ゆうれい》部員だっていいんじゃねえの？」

「……俺だけサボるとかねーよ」

「それで、図書室で勉強してんだ。虎太朗って、テストの時も基本一夜漬《いちやづ》けの人だと思ってたけど？」

広げていたノートを、シバケンが指でトントンと叩《たた》く。

「これは……園芸日誌つけろって言われたんだよ。恋雪に」

そう言い、ノートを隠《かく》すように閉じた。

「ああ……ウワサのゆきちゃん先輩か」

「あいつのこと、知ってんの？」

シバケンと恋雪の間には接点はないはずだ。

「女子が騒《さわ》いでたし。急に目立つようになっただろ。アリサちゃんも……」

シバケンは不意に口をつぐむ。

「なんで、高見沢《たかみざわ》？」

高見沢アリサも、中学が同じだった女子生徒だ。

雛とは、仲がいいのか悪いのかよく分からないが、少なくともアリサの方は雛のことをなにかと気にしているようだ。

「さあ、なんでだろうな？」

そう言って、シバケンははぐらかすように笑う。

虎太朗はそれ以上追及《ついきゅう》するのはやめておいた。

「綾瀬先輩《せんぱい》なら、新聞部でもよく名前があがるよ。今月号でも特集したし」

幸大が手に取っていた本から顔を上げて、話に加わった。

タイトルは、『初心者にも分かる花の植え方』。虎太朗が棚《たな》から取ってきて積んでいた本だ。

数日前に新聞部が恋雪を取材しにきていたことを思い出す。

幸大は新聞部で、先輩たちと一緒に花壇《かだん》の写真を撮《と》っていた。

「あの先輩、いろんなところで名前聞くよね。美術部に写生用の花を貸し出したり、華道《かどう》部に取材にいった時にも話が出てたから。校長室のパキラとかも、世話してるみたいだし」

「校長室!?」

早朝も、休み時間も、放課後もほとんど花壇の世話に費《つい》やしている。

園芸部のことだけでも手一杯《ていっぱい》だろうに、他の部のことにまで首を突《つ》っ込んでいるなんて、お人好《ひとよ》しにもほどがある。

公園で落ち葉を拾い集めていた恋雪のことを思い出した。

卒業した後の、残された部員のために——そう言っていた。

いつだって、他人のことを考えて、自分のことは後回し。

嫌《いや》そうな顔や面倒《めんどう》そうな顔なんておくびにも出さないで、いつだって楽しそうに作業している。

「……敵《かな》わねえ」

園芸ノートの上に突っ伏《ぷ》して、うめくように言った。

花のことなんてどうでもいいと思っていた自分が、こうして図書室に足を運び、初心者なりに園芸の本を読み、ノートをつけて、暇《ひま》を見つけては花壇の手入れをして——。

恋雪と張り合ったつもりでいたけれど、どうやら全然足りていなかったようだ。

園芸部を引き継《つ》ぐのなんて簡単だと思っていた。

だけど、恋雪が卒業した後、同じことを自分たちはやれるのか？

先輩たちも一生懸命《いっしょうけんめい》やっているのは分かっているけれど、全員が素人《しろうと》だ。

正直、恋雪が手入れをしてきた花壇を維持《いじ》するのが精一杯だろう。

(俺は校長のパキラまで面倒見られねえぞ)

考えるだけで頭が痛くなってくる。

「珍《めずら》しいじゃん。弱気な虎太朗とか」

シバケンに言われ、「そんなんじゃねえけど」と声を小さくした。

「俺はあの人ほど、地道にやれねーって言ってんだよ」

「そうかな？　虎太朗の得意分野だと思うけど」

幸大の言葉に、虎太朗はのそっと顔を上げた。

「あー、そうかも。結構、似てるんじゃねぇ？　虎太朗とゆきちゃん先輩」

携帯をつつきながら、シバケンが笑った。

「どこが⁉　全然、似てねえよ」

虎太朗は心外だと、眉間《みけん》にしわを寄せる。

「誰かのために、一生懸命になるところ？　そういうのって、一つの才能だろ。俺なら面倒なことなんて投げ出してるし」

シバケンが椅子を引いて立ち上がり、からかうような目をして見る。

「まぁ、がんばってみれば？　『雛ちゃん』にいいとこ、見せたいんだろ？」

シバケンは図書室のドアに向かいながら、楽しそうに電話をかけ始めた。

その後ろ姿をぼんやりと見送る。


「シバケンって、意外と人のこと見てるよね」

幸大の視線も、シバケンの後ろ姿を追っている。

「適当に言ってるだけだろ」

どう考えても、自分と恋雪が似ているようには思えない。

「虎太朗は、綾瀬先輩が嫌《きら》いなの？」

幸大の直球すぎる問いかけに、すぐ返事ができなかった。

園芸部に入部する前の自分なら、迷いなく「嫌いだ」と答えていただろう。

昇降口《しょうこうぐち》で、雛が恋雪に告白しようとしていた日のことが、どうしても頭を過ぎる。

「気に入らないっていうか、納得《なっとく》いかねーんだよ。それだけだ」

虎太朗は幸大の視線に気づいて答える。

「そう……」

「なあ、幸大は？　誰かいねえの？」

「誰かって？」

「苦手なやつとか、好きなやつとか……お前、そういう話、全然しないからさ」

単なる思いつきと好奇心《こうきしん》だった。

だが幸大がぴたりと黙ってしまい、虎太朗は慌《あわ》ててフォローする。

「あっ、悪い、いきなり言われても困るよな」

「いたよ」

「……は？」

「好きな人なら、いたよ」

いつもと変わらない表情と口調であっさり答えるものだから、思わず聞き逃《のが》しそうになった。

「授業始まるから、教室に戻《もど》るよ」

そう言うと、幸大は眼鏡の縁《ふち》を指で押し上げて立ち上がる。

「お、おう」

戸《と》惑《まど》ったまま返事をすると、幸大は少しだけ笑って席を離《はな》れた。

（よく、分かんねえ……）

memory 3 ～メモリー3～

降り出した雨の音が、ロッカールームの屋根を叩《たた》く。

練習を中断して戻ってきたサッカー部の二年生たちが、「どうする？　自主練に切り替《か》えるか？」と話をしている。

ベンチに腰《こし》かけて、スパイクの紐《ひも》を結んでいた虎太朗は、立ち上がり先輩に歩み寄る。

「あの、先輩」

声をかけると、二年生たちが会話を中断してこちらを見た。

「どうした？」

「練習、終わりなら……俺、抜《ぬ》けてもいいですか？」

遠慮《えんりょ》がちにたずねると、二年の先輩の一人が不機嫌《ふきげん》な顔になる。

「自主練はどうするんだ？」

「それは……」

あとでやりますと答えるより先に、先輩が続けた。

「また園芸部か？　榎本、お前、兼部《けんぶ》する余裕《よゆう》なんてあると思ってるのか？」

先輩の言葉は耳に痛かった。

エースストライカーとして活躍《かつやく》する先輩と比べれば、自分に「兼部する余裕」があるなんて口が裂《さ》けても言えない。

他《ほか》の部員たちも、一様に口をつぐんでいる。

「兼部の許可を取ってるのは知ってる。けど、どっちも中途半端《ちゅうとはんぱ》になってないか？　この前も、ロードワークの時に一人だけ抜けてたんだって？」

落ち葉拾いを手伝った日のことだ。

あの後でちゃんと走ったが、時間をロスしたのは事実だ。

日頃《ひごろ》、園芸部に出ていて練習が足りない分は、休日や学校が終わってから、自主練習でカバーしてきた。

サボっているつもりなんて少しもないが、結果が伴《ともな》っていない以上、言い訳だと受け止められるだろうし、納得してもらえないだろう。

「先週の練習試合、どうして負けたと思う？」

「……後半、俺が入ってから……リズムが悪くなったからです」

虎太朗の言葉に、先輩はふっと視線を和《やわ》らげる。

「全部が全部、榎本のせいじゃないことは分かってる。けど、メンバーと息が合わなかったのは、あきらかに練習不足だからだよな？」

うなずくしか、なかった。

先輩の言うことはもっともだし、他の部員の思いを代弁しているのも分かっている。

みんな必死に練習して、レギュラー争いの場に立っているのだ。

もちろん虎太朗だって真剣《しんけん》だが、はたして周囲にはどう見えていたのだろう。

（どうやったら、認めてもらえるんだ……）

虎太朗は唇《くちびる》を噛《か》みしめ、きつく拳《こぶし》を握《にぎ》りしめた。

窓の外が暗い。外は土砂降《どしゃぶ》りの雨で、風も強くなっているらしい。

雛が陸上部のミーティングを終えて教室に戻ってくると、虎太朗の机にはまだ鞄《かばん》が残されていた。

「あれ、虎太朗、まだ残ってるんだ」

昇降口のところで恋雪に会ったが、作業は中断したようだし、虎太朗はサッカー部の方に出ていて今日は顔を出していなかったと言っていた。

（なに、やってるんだろ？）

どうせ、虎太朗のことだから傘《かさ》を忘れているだろう。

放《ほう》っておいて先に帰ろうかと思ったが、それも薄情《はくじょう》な気がした。

「仕方がないなあ、もう」

これもお隣《となり》のよしみだ。歩み寄って虎太朗の鞄を持とうとした時、教室のドアが開く。

「あっ、虎……」

振《ふ》り返ると、入ってきたのは虎太朗ではなかった。

長い黒髪《くろかみ》を左右に分けた同じクラスの女子生徒だ。

「高見沢さん……」

高見沢アリサは虎太朗の鞄に目をやり、それから雛を見た。

「早く行ってあげたら？　でないと、榎本……風邪《かぜ》ひくわよ」

「え？」

事情をのみ込めずに戸惑っていると、自分の席から鞄を取ったアリサが眉《まゆ》をひそめる。

「知らないの？」

「な、なにを？」

「榎本、一人で校庭、走ってるわよ」

「え？　なんで？」

「園芸部のこと、サッカー部の先輩に言われて、意地になったみたい」

雛は一瞬《いっしゅん》、言葉をなくした。

「……どうして、高見沢さんがそのこと知ってるの？」

「柴崎君がサッカー部のマネージャーから聞いたって、わざわざ言いにきたのよ」

柴崎健は虎太朗と同じ中学だったこともあり、よく一緒《いっしょ》にいるところを見かける。

「榎本、園芸部と兼部するために、結構無理して時間作ってたんでしょ。そのせいで、周りとギクシャクしてたって」

アリサの言葉が耳に入らない。

雨粒《あまつぶ》を弾《はじ》いている窓ガラスは白く曇《くも》り、校庭の様子は見えなかった。

「園芸部もサッカー部もちゃんと両立してみせるって言って、校庭走りにいったみたいよ。この雨の中、よくやるわよね」

（……虎太朗）

「いつまでそこでぼーっと突《つ》っ立ってるつもり？」

「え？……」

「榎本を園芸部に引っ張ったの、あなたでしょ？」

雛は虎太朗と自分の鞄を抱《かか》え、教室を飛び出していた。


昇降口《しょうこうぐち》を出た雛は、傘を広げて走り出す。

校庭に向かうと、他《ほか》の運動部員たちの姿はすでになかった。

ぬかるんでいるトラックを、虎太朗が一人黙々《もくもく》と走り続けている。

何周走っているのか分からない。

誰《だれ》が見ているわけでもない。

サッカー部の先輩もすでに帰ってしまっているだろう。


『榎本を園芸部に引っ張ったの、あなたでしょ？』


アリサの言う通りだ。園芸部に入ろうか迷っていた時に、背中を押してくれたのは虎太朗だ。

花なんて、少しも興味がなかったくせに。

小学生の時から、チューリップもまともに咲《さ》かせられなかったくせに。

一緒に、入部試験まで受けてくれた。

最初は、受ける気なんてないと言っていたのに。

昼休みや放課後の空いた時間を利用して、図書室で花の基礎《きそ》知識の勉強して。

『なんで、俺まで花の勉強を！』

なんてぼやきながらも、最後まで付き合ってくれた。

陸上部の試合があるため、なかなか園芸部に顔を出せない自分に代わって、恋雪の作業を手伝ってくれていたのは虎太朗だ。

『俺がちゃんと見ておくって。だから、おまえは陸上部に集中しろよ』

そう、言ってくれた。

(虎太朗は言わないんだ。大変だなんて)

雛はうつむいて、傘の柄《え》を持つ手に力を込める。

ようやく足を止めた虎太朗が膝《ひざ》に手をついて、そのまま座り込んでしまった。

雛は校庭に足を踏《ふ》み入れていた。

近づいて傘を差しかけると、虎太朗が濡《ぬ》れた顔を向ける。

泥《どろ》まみれの体操服とスパイク。

なにか言わなければと思うのに、胸がつまってしまいすぐに言葉が出ない。

「走るのってさ……気持ちいいよな。おまえが、陸上やってる気持ち、ちょっと分かった」

どこかすっきりしたような顔をして、虎太朗が空を見上げる。

なぜか泣きそうになって、雛はギュッと目頭《めがしら》に力を込めた。

「普通《ふつう》、こんな雨の日に走る？　風邪ひいても、知らないよ！」

虎太朗はおかしそうに肩《かた》を揺《ゆ》らしながら笑っていた。

「……先輩《せんぱい》と園芸部のことで、ケンカしたって聞いた」

「ケンカしたわけじゃねーよ。走るって言ったの、俺だし」

「……なんで、そんなこと」

膝に手をついて立ち上がった虎太朗が、腰《こし》に手をやってこちらを見る。

「園芸部のため？　虎太朗は、無理に続ける必要ないのに……」

「無理してない。だいたい、ここで俺がやめたら、七瀬《ななせ》先輩たちに悪いだろ？　それに……途《と》中《ちゅう》で投げ出すとか、好きじゃねえんだよ」

「だって、虎太朗にはサッカー部の方が大事じゃん！」

雛は思わず声に力を込める。

虎太朗が中学三年間、ひたすらサッカーに打ち込んできたのは知っている。

自分が巻き込んだせいで、サッカーをあきらめるようなことにでもなれば――。

（そんなこと、させられないよ……）

「サッカー部、やめさせられるわけじゃねえよ」

虎太朗の迷いのない言葉に、足元に逃《に》がしていた視線をゆっくりと上げる。

「でも、レギュラーだって……」

「あきらめねーよ。絶対、なってやるって言っただろ？」

雛が片腕《かたうで》に抱《だ》いていた鞄を、虎太朗が取り上げた。

「心配すんなって」

いつものように屈託《くったく》なく笑って、横を通り過ぎていく。

「……するよ……」

雛がつぶやいた声は、雨音に紛《まぎ》れて届かなかっただろう。

（虎太朗のくせに、かっこつけちゃって……）

濡れながら部室棟《とう》の方へ向かう虎太朗の背中を見つめていた雛は、口元をほころばせてから駆《か》け出した。

「虎太朗、ラーメン食べて帰ろ！」

いつもより頼《たの》もしく見えた背中をポンと叩《たた》き、隣《となり》に並ぶ。

「今日は私のおごりね！」

「……ウソ、だろ？　どうしたんだよ⁉」

「驚《おどろ》きすぎだから！　実は、お兄ちゃんに無料券もらったんだー。あっ、でも素《す》ラーメンだけだからね。煮卵《にたまご》とチャーシューの追加分は自分で払《はら》ってよ」

「なあ、それ、優のおごりって言わね？」

「言いませんー。映画のＤＶＤ借りてきたりとか、映研のお手伝いしてもらったやつですー。その貴重な一枚を分けてあげるんだから感謝してよ。本当は華子《かこ》と一緒に食べにいこうと思って、大事に取っておいたんだからね」

今日は特別だ。

特別に傘《かさ》を半分譲《ゆず》りながら、雛は笑った。

あきらめない。

その虎太朗の言葉が、とてもうれしかったから――。

memory 4 〜メモリー4〜

一晩降り続いた雨は、翌日の朝にはすっかりやんで、青空がのぞいている。

いつもよりも十五分早く登校した虎太朗は、裏庭の花壇《かだん》を見にいった。

今日こそはと思っていたのに、作業している恋雪の姿を見つけてがっくりした。

「榎本くん。おはようございます」

恋雪がいつもと変わらず、にこやかにあいさつしてくる。

どうやら、虎太朗が土を起こした花壇に、二人で集めた落ち葉を混ぜているところのようだ。

手にも頬《ほお》にも泥がついていた。

「いったい、何時《いつ》から登校してきてるんだよ」

自分も七時には家を出ているというのに、恋雪よりも早く到着《とうちゃく》していたことがない。

鞄《かばん》を投げて、袖《そで》をまくる。

「あっ、制服汚《よご》れますよ？　ここは僕が」

「いい。この花壇、俺がやってるんだし」

恋雪からスコップを奪《うば》い取り、地面に突《つ》き立てる。

雨が降ったこともあり、土がやわらかくなっていた。そのかわり、スニーカーは泥まみれだ。

「サッカー部のこと、瀬戸口さんから聞きました。すみません……」

恋雪が申し訳なさそうな顔をする。

「なんであんたが謝るんだよ。これは俺の問題だし。それに、もう片づいた」

昨日、雛と一緒《いっしょ》にラーメンを食べている時に、先輩からメールが入った。

『お前の気持ちはよく分かった。がんばれよ』

先輩もそう言ってくれたし、なまけているように見えたのは自分の態度にも問題がある。

先輩の気持ちも分かるから、特にわだかまりは持っていない。

兼部《けんぶ》のことを快く思わない部員はいるかもしれないが、根気と努力で分かってもらうしかない。

シバケンや幸大の言うように、それは案外、自分の得意分野なのかもしれない。

「心配はさせてください」

身を屈《かが》め、恋雪は花壇の隅《すみ》っこの雑草を引き抜《ぬ》く。

「榎本くんも、うちの大切な部員なんですから」

立ち上がった恋雪は、虎太朗の目を真っ直《す》ぐに見てそう言った。

赤面しそうになり、パッと顔をそらす。

よく、素でそんな恥《は》ずかしい台詞《せりふ》を吐《は》けるものだ。

「……心配しなくても、園芸部もサッカー部も続けるって」

そう言い捨てて、ザクザクと土を掘《ほ》り返す。

相変わらず恋雪の顔は見られなかったが、笑っているのは気配で分かった。

（ホント、ヘンなやつ……）


翌日の放課後、中庭にある花壇へと向かうと、ルドベキアの小さな苗《なえ》が、茶色く変色してしおれてしまっていた。

「なんで……」

花壇の前に膝《ひざ》を落とす。数日前から元気がないような気がしていたが、休眠《きゅうみん》期に入ったのだろうと特に気に留めていなかった。

しかし、この苗の枯《か》れ方は本で見た休眠期の状態とは違《ちが》う。

頭の中で必死に原因をさがす。

あの日の雨のせい？

それとも、病気にかかっていたのに気づかなかったのか。

元肥以外の肥料は必要ないと恋雪が言っていたので、手を加えていない。

やったことと言えば水やりくらいだ。

地面についた手で、土をつかむ。

（俺がちゃんと見ておくって言ったのに、これかよ……）

虎太朗は立ち上がると、校舎に向かって駆け出した。


三年の教室の前までくると、緊張《きんちょう》したようにドアに手をかける。

息を吸い込んでから開くと、にぎやかな声で話をしていた女子生徒たちが振《ふ》り返った。

一斉《いっせい》に向けられた好奇《こうき》の視線に、「うっ……」とたじろぐ。

「君、一年？　どうしたの？」

「あれ、夏樹の弟君じゃない？」

「えー、かわいい！」

女子生徒たちが集まってきたので、逃《に》げるように足が一歩後ろに下がった。

「なに、なに？　夏樹さがしてんの？」

「いや……あの……」

声がうわずり、情けなさを覚えて腕《うで》で顔を押さえる。

(なに、やってんだよ、俺)

腕を下ろし、意を決して顔を上げた。

「綾瀬先輩《せんぱい》、いませんか⁉」

思い切ってたずねると、「榎本くん」と後ろから声がした。

振り返ると、本を腕に抱《かか》えた恋雪が廊下《ろうか》に立っていた。

「お姉さんをさがしてるんですか？」

「違《ちが》う。ルドベキアの……っ！」

女子生徒たちが話を聞いていることに気づいて、恋雪の腕をつかんだ。

「見てほしいものがあるんだよ」

そう言いながら、戸惑《とまど》う恋雪を引っ張っていった。

校舎を出て花壇までくると、恋雪は表情を曇《くも》らせて身を屈める。

「ああ、これは……ダメだな、根が傷《いた》んでしまってる」

苗を掘り起こして根を確かめると、恋雪は残念そうにつぶやいた。

「……なにが悪かったんだ？」

「多分、水だと思います」

「水やりなら、ちゃんとやったって！」

「いえ、その逆で……やり過ぎだったみたいですね。ルドベキアは多湿《たしつ》を嫌《きら》う花だから、雨だけでも充分《じゅうぶん》なんです」

「あっ……」

最初に恋雪から説明を受けていた。本を読んだ時にも、確かそんなことが書いてあった。

聞いていたつもり、読んで分かったつもりになっていたようだ。

「俺のせいだ」

「僕の責任です」

立ち上がった恋雪が、「すみません」と謝った。

（なんで、あんたが謝るんだ）

虎太朗は唇《くちびる》をかんだ。

「この前の大雨も、影響《えいきょう》しているんだと思います。根が弱っているところに、かなり降ったから……僕がもっと見回りをしていれば、こんなことには」

「違うだろ！」

いらだって、恋雪の言葉をさえぎる。

恋雪になんて頼《たよ》らなくても平気だと、心のどこかで思っていた。

それが、この様《ざま》だ――。

その挙げ句に失敗して、恋雪にまた頼って。

「やっぱ俺、向いてないいな」

悔《くや》しい。

本当に、ただ悔しかった。

ライバルどころか、足元にも及《およ》んでいない。

おまけに、泣き言までもらして。

「榎本くん」

恋雪の落ち着いた声に、わずかに顔を上げる。

「失敗なんて誰《だれ》だってしてします。いくら慎重《しんちょう》にしても、その年の天候に合わなければ育たないこともある。僕だって、何度も失敗しましたし……枯らした花もたくさんある。でもね」

　真っ直ぐに目を見たまま、恋雪が続ける。

「愛情を持って接すれば、花はちゃんと応《こた》えてくれます」

「俺には、応えてくれねーよ」

　無意識に、そう口にしていた。

「そんなことはありませんよ。榎本くんは、十分に素質もあるし、向いています」

　保証しますと、恋雪が柔《やわ》らかくほほえむ。

「どこ見て言ってんだよ。水やりもまともにできねえのに」

　虎太朗はその場にしゃがみ込んで、胸の中の重いいらだちと一緒《いっしょ》に息を吐き出した。

「だいたい、俺は花なんか好きじゃねえっての」

　そんなことには、恋雪はとっくに気づいているはずだ。

　それなのに――。

「好きでもない人が、毎日花壇《かだん》にやってきて世話をしますか？　大変な土作りも、嫌《いや》がらずにやってくれますか？　園芸部を続けるために、雨の中を走ってくれますか？」

「だから、それは……」

雛のためだという言葉を喉元《のどもと》で留《とど》めた。

「本当に嫌いなら、花が枯れても気にも留めませんよ。でも、榎本くんは僕を呼びにきてくれた」

隣《となり》に腰《こし》を下ろした恋雪の横顔を見る。

「やっぱり、似てるなあ」

花壇を見つめる恋雪の瞳《ひとみ》が切なげに揺《ゆ》らぐのを見て、虎太朗は気まずげに視線を逃がした。

「大切な人のために、怒《おこ》ったり、笑ったり、泣いたり……本当に心が強くて、憧《あこが》れてたんです。僕はいつも、周りの目ばかり気にして、ずっと下を向いてきたから」

そう言って苦笑《くしょう》する恋雪の言葉を、黙《だま》って聞いていた。

それは、思わずこぼれた吐息《といき》のような告白。

恋雪も、届かない想《おも》いを抱えて、悩《なや》み、胸を痛めてきた。

本当は、そんなこと――とっくの昔に知っていた。

「それ……俺じゃなくて本人に言ってやれよ」

自分に言われても、困るのだ。

「そうですね。でも、なんだか榎本くんに聞いてもらいたくなったんですよ」

そう言って、恋雪は目を細めた。

もしも、雛のことでわだかまりなく恋雪と向き合えていたら。
もっと、分かり合おうとしていたなら。
今とは違《ちが》う先輩と後輩の関係を築けていたのだろうか？
（……そんなこと、今さら言っても仕方ないよな）
虎太朗は強く手を握《にぎ》りしめる。
今考えるべきなのは、残された時間でなにができるかだ。
恋雪が卒業するまで、あと半年もない。
別れの時は、刻一刻と迫《せま》っていた。

memory 5 ～メモリー5～

十一月も終わりに近づいた頃《ころ》、恋雪は数日ぶりに校庭の隅《すみ》にある花壇に向かった。

そこで雛と虎太朗の姿を見つけて声をかけようとすると、二人が気づいて駆《か》け寄ってくる。

「わあっ、先輩《せんぱい》、こっち来ちゃダメ！」

「そこで止まれ！　いいか、一歩も動くなよ⁉」

二人の慌《あわ》てた様子に、首をひねる。

「あの、どうかしましたか？」

「別に。つか、受験生がこんなところにいていいのかよ？」

「花壇が気になって……」

「それより、自分のこと心配しろって！」

視線を向けようとすると、虎太朗が遮《さえぎ》るようにして立ち、腰に手をやって言った。

「恋雪先輩は、卒業式まで花壇の見回り禁止です！」

雛にまで言われて、恋雪は困惑《こんわく》した。

「でも、まだやらなきゃいけないことが……」

「私たちがちゃんとやります！」

雛に両手で押され、花壇に背を向けて歩かされる。

「頼りない後輩だろうけど、少しは信用しろ」

「榎本くん」

振《ふ》り返ろうとすると、「こっち、見んな！」と虎太朗に叱《しか》られた。

「こっそり見にくるのも、絶対にダメですからね！」

そうか——本当にもう、引退する時なのだ。

「分かりました」

そう言うと、背中を押す雛の手が離《はな》れた。

「なにかあったら、俺たちの方から呼ぶ」

虎太朗の言葉にうなずき、振り返らないまま校舎を目指して歩き出した。


虎太朗の言う通りだ。

卒業した後まで、自分が面倒《めんどう》を見られるわけではない。

後のことは、信頼《しんらい》して任せるしかない。

胸を過《よ》ぎるこの寂《さび》しさはきっと、小鳥の巣立ちを見守る親鳥の心境のようなものなのだろう。


ああ、でも、違うのか。

(巣立たなければならないのは、僕の方なんだ)

寒空を舞《ま》う一羽の鳥を、少しまぶしく思いながら見上げた。


花壇のそばに、雛と並んでしゃがんだ虎太朗は、小さなスコップで土を掘《ほ》り、その中に球根を植えていく。

雛がジャージのポケットから、しわになった手紙を取り出した。

「それ……」

虎太朗は手を止めて雛の横顔を見る。

「恋雪先輩に渡《わた》せなくて、ずっと持ってたんだ」

切なげに目を細めた雛は、白いチューリップの球根のそばに、手紙を埋《う》める。

「いいのかよ?」

「うん、これで、いいの」

自分に言い聞かせているような声だった。

雛はかすかにうるんだ瞳を一度だけ空に向けてから、土をかぶせていく作業を続ける。

チューリップを植えようと提案してきたのは雛の方だ。


白いチューリップの花言葉は、『失われた愛』。

そして、『新しい愛』。


雛の次の恋を始める相手が、自分であればいい。

そう願いながら、一つずつ、丁寧《ていねい》に球根を植えていく。

「なあ、雛……卒業式にはさ」

雛の方を向くと、雛も手を止めてこちらを見た。

「チューリップ、しっかり咲《さ》かせて、送り出してやろうぜ」

来年の春、この花壇《かだん》一面に咲くチューリップを見せた時、恋雪がどんな顔をするのか。

それを楽しみにしている自分が、今はそれほど嫌《きら》いではない。

「うんっ！」

うなずいた彼女と一緒《いっしょ》に、虎太朗も笑う。

この先、ずっとずっと──。

俺が隣《となり》で笑顔《えがお》にさせるから。

山本幸大の場合

Text：藤《ふじ》谷《たに》燈《とう》子《こ》

name.
望月《もちづき》蒼太《そうた》
誕生日／9月3日
おとめ座
血液型／B型
映画研究部所属。
夏樹、優、春輝とは
幼なじみ。あかりのことが
大好きな、いじられキャラ。
name.
早坂《はやさか》あかり
誕生日／12月3日
いて座
血液型／O型
美術部部長。
男子人気が高いが、
実は人見知り。
恋愛ごとには少し鈍感？

忘れもしない、あれは中学のときだった。

『山本君、眼鏡かして！』

こちらが返事をするより早く、自分よりずっと細い指がのびてきた。
戸惑《とまど》う幸大をよそに、眼鏡は彼女のもとへと渡《わた》っていく。

『わっ！　視界がぐにゃぐにゃする……』
『だと思いますよ。それなりに度が入ってるので』
『うーん、やっぱり眼鏡は関係なかったかあ』

そう言って彼女は、あっさりと幸大に眼鏡を返した。
いったい眼鏡がなんだというのだろう。
首をかしげる幸大に気づいたのか、彼女は『実は……』と続けた。

『山本君には、世界がどんなふうに見えてるのか気になってたんだ！　なんてね』

『……別にフツーだと思いますけど』

『そんなことないよ。山本君は読書家だし、周りのひとのこともよく見てるし！　だから何気ないひとことが、相手の心にズバッと届くんだろうなーって』


とっさに声が出なかった。

彼女の口から語られる「山本幸大」は、まるで自分ではないようだ。

たしかに読書は趣味《しゅみ》だが、いまのところ何かに役立っているとは思えなかった。

それに周りをよく見ているといえば聞こえはいいが、単に人間観察が好きなだけだ。

「何気ないひとこと」にしたって、好き勝手に言っているだけに過ぎない。

（むしろ、相手の心にズバッと届くような言葉を放てるのって……）

彼女が言うのなら、きっとそうに違《ちが》いない。

そんなふうに思えるくらい、彼女の言葉には、笑顔には力があった。

『僕に見えてる世界は、たったいま変わったところです』

『えっ、そうなの？　なんで？　どんなふうに？』


幸大の世界を変えたひとは、そのことにまるで気づいていなかった。

質問攻《しつもんぜ》めの彼女に、幸大はあいまいに笑ってみせた。

すると彼女は『教えてくれてもいいのにー』と頬《ほお》を膨《ふく》らませ、やがて笑いだした。

真夏の太陽のような、まぶしい笑顔で。


放課後の国語準備室に、香《こう》ばしい匂《にお》いが充満《じゅうまん》している。

ストーブの上の銀色の塊《かたまり》からだ。

幸大がすんと鼻を鳴らすと、原稿《げんこう》をチェックしている明智先生が顔をあげた。

「山本って、焼き芋《いも》はいけるひと？」

「嫌いじゃないです、けど……」

「けど？」

「準備室で焼き芋をつくるとか、どうなんだろうなと思って」

「大丈夫《だいじょうぶ》、ちゃんと換気《かんき》してるから」


いや、そういう問題ではないだろう。

幸大はツッコミを入れるかどうか迷い、結局「はあ」とあいまいにうなずいた。

(明智先生ってホント変わってるっていうか、自由人だよなあ)

古典担当なのになぜか白衣姿だし、その気さくな言動から「先生っぽくない」という理由で男女問わず生徒の支持を集めている。

かと思えば、雑学まじりの授業はあきない上にわかりやすいと評判だ。

つかみどころがない、というのが一番しっくりくるだろうか。

そういうところは、中学からのつきあいである、シバケンこと柴崎健に少し似ていた。

(まあシバケンの場合は、一周回ってわかりやすいんだけど)

「ところで、この記事だけど」

チェックが終わったらしく、先生が机の上に原稿を置いた。

何箇所《なんかしょ》か赤ペンでコメントが入っているけれど、大きな修正はなさそうだ。

案の定、先生は「お疲《つか》れさまー」と表情をゆるめた。

「あとは細かい部分だけだから、これでもらってくよ」

「よろしくお願いします」


なんとも事務的な声が出たけれど、内心ではホッとしていた。

明智先生にチェックしてもらっていたのは、来週には掲示《けいじ》予定の校内新聞の原稿だ。

顧問《こもん》の許可が下りなければ掲載《けいさい》されないため、誌面に穴をあけないようにするには繰《く》り返し修正しなければならない。最悪の場合は、写真や絵でスペースを埋《う》めることになる。

正直、時間の関係で仕方がないケースもあるけれど、今回はそうもいっていられない。

幸大の取材先は、虎太朗たちをはじめとする各部の一年生だからだ。

(あの記事が載《の》れば、きっと先輩《せんぱい》たちも……)


「あーっ！　なっちゃん先輩たちだ！」

「先輩、あとでウチの部にも寄ってくださーい」

ふいに外から歓声《かんせい》が聞こえてきた。

やけに声が通るなと思ったが、先生の言葉通り、換気のために窓が薄《うす》く開いていた。

「榎本たち、まーた残ってるのか」

いつのまにか椅子《いす》から立ち上がっていた先生が、窓の外をのぞく。

基本的に三年生は、午前授業で帰っていくことになっている。放課後まで残っているとすれば、選択《せんたく》授業をとっていたり、部活や委員会に顔を出したりするときだ。


「おーい、そこの三年生！」


がらりと窓が開く音がしたかと思うと、先生が窓から身を乗りだした。

冷たい風が入りこんできたため、幸大は部屋の中央にあるストーブの前まで逃《に》げる。

その間にも、先生は外に向かって話しかけていた。

「時間あるなら、寄ってってくんない？」

「はあ？　なんでだよ」

（あ。いまの声、芹沢先輩だ）

さきほど聞こえてきた名前は「なっちゃん先輩」と「榎本」だったから、てっきり榎本夏樹先輩が、仲のいい合田先輩と早坂先輩と一緒《いっしょ》にいるのだと思っていた。

だが芹沢先輩もいるとなると、あのメンバーがそろっているのかもしれない。

当たり年とか、黄金の世代とか、言い方はいろいろあるけれど。

とにかくあの六人の先輩たちは、桜丘高校におけるスター集団に間違《まちが》いなかった。

単純に知名度や注目度でいえば、読者モデルとして活躍《かつやく》し、ＴＶＣＭにも出ている成海聖奈《なるみせな》先輩に敵《かな》うひとはいないだろう。

だが「一般人《いっぱんじん》」であるところの榎本先輩たちにも、ひとを惹《ひ》きつける何かがあった。

男女六人全員がキャラ立ちしているのだ。

なかでも筆頭は、芹沢春輝先輩だろう。

映画を撮《と》れば受賞するとまで言われていて、一部ではコンクール荒《あ》らしと呼ばれている。

また面倒見《めんどうみ》がよく兄貴気質《かたぎ》で、男子を中心に後輩人気が高いのも特徴《とくちょう》だった。

美術部部長の早坂あかり先輩と副部長の合田美桜先輩も、そろってコンテストの常連だ。全校集会のたびに表彰《ひょうしょう》されているような気がするし、一年を通じて、美術室や応接室前の壁《かべ》には彼女たちの作品が飾《かざ》られていることが多い。

同じく美術部の榎本夏樹先輩は、ふたりに比べ受賞歴は少ない。

だがどこへ行ってもムードメーカーで、男女問わず後輩にファンも多かった。

幸大にとっては、中学からの友人である虎太朗の姉でもある。

そんな榎本先輩とつきあっていると噂《うわさ》なのが、瀬戸口優先輩だ。

瀬戸口先輩は文武両道で背も高く、女子たちの間では王子様キャラとして有名だ。去年と今年、ミスター桜丘高校にも選ばれている。

榎本先輩と同じく、幸大にとっては「瀬戸口さん」こと雛の兄でもある。

そして六番目が、望月蒼太先輩。

芹沢先輩と瀬戸口先輩と一緒に映画研究部を立ちあげ、副部長を務めている。

そこに榎本先輩を加えた四人が幼なじみで、望月先輩は「もちた」と呼ばれ、いじられキャラのような立ち位置らしい。

（でも実際のところ、望月先輩があのグループのバランスを保ってるんだよな）
少なくとも幸大には、そんなふうに見えていた。
望月先輩たち幼なじみ四人組とは、中学も同じだった。
幸大はふたつ学年が離《はな》れているから、彼らと通学期間が重なるのはたったの一年だ。
それでも、強烈《きょうれつ》な印象が残っている。

「というわけで、焼き芋のことは内密に」

先生が窓を細く閉めながら、こちらをふりかえった。
同じ部屋にいるのだから、幸大も話を聞いていると思ったのだろう。
だが外からの情報をシャットアウトしていたため、話の前後がまったくわからない。
どう話をあわせようかと迷ったが、結局正直に言うことにした。

「すみません、ぼうっとしてました」

「あ、話聞いてなかった？　いまからここに三年生が来るんだけど、八等分するとなると、せっかくの焼き芋《いも》が粉々になるなと思って」

思ったよりも、くだらない……もとい、しょうもない話だったらしい。

幸大は「はあ」と生返事をしてから、淡々《たんたん》と事実を指摘《してき》する。

「でも僕が黙《だま》っていても、匂《にお》いでわかると思いますけど」

「……だよね、そうだよね？　うわ、どうしよう！」

本気なのか冗談《じょうだん》なのか、先生は手をあげたりバタつかせたりと、謎《なぞ》の舞《まい》を披露《ひろう》する。

それをぼんやりと眺《なが》めていると、廊下《ろうか》から足音が聞こえてきた。

「おい咲兄、来てやったぞ」

「お邪魔《じゃま》しまーす！　あっ、いい匂いがする」

「焼き芋？　かな？」

「いまならいいものがあるって、焼き芋のことだったのか」

ドアが開くなり、先輩《せんぱい》たちが一気にしゃべりだした。
順番に芹沢先輩に榎本先輩、望月先輩に瀬戸口先輩の幼なじみ四人組だ。
息のあった流れるような会話を、早坂先輩と合田先輩が微笑《ほほえ》ましそうに見守っている。
(先輩たち、いつ見ても仲がいいよなあ……)
ふだんは遠巻きに見ていた光景が、いまは目の前に広がっている。
なんだか不思議な気持ちだ。

「ゴホン！　残念だが諸君、その焼き芋は新聞部のものだ」

咳払《せきばら》いをひとつして、先生が先輩たちとストーブの間に立ちはだかった。
軍手をつけた手で、アルミホイルに包まれた焼き芋を避難《ひなん》させる。
(なるほど、その手があったたな)
変わってはいるけれど、さすがに明智先生もオトナだ。
うまい言い訳を思いつくなと感心していると、榎本先輩が「えっ！」と声をあげた。
「じゃあ、先生が言ってたいいものって？」

「つか新聞部のものだって言っといて、なんで咲兄が持ってくんだよ」

（ん？　芹沢先輩、いままた『咲兄』って……）

一度目は聞き間違いかと思ったが、芹沢先輩はたしかに先生を「咲兄」と呼んでいた。

「あのね、学校では『先生』って呼べって言ってるだろ」

芹沢先輩のツッコミに、明智先生が苦笑いを浮《う》かべる。

ふたりは、どういう関係なのだろう。

不思議に思っていると、横からぬっとのびてきた手に肩《かた》をつかまれた。


「いまここにいる新聞部は、部員の山本と顧問《こもん》の俺だけなの。わかった？」

「咲兄が顧問!?　マジかよ、幸大」

「はい。去年まで担当していた先生が転勤したとかで」

「ほら、言っただろ。っていうか何、ふたりとも仲良いんだ？」

先生はいわゆるドヤ顔を浮かべたかと思うと、次の瞬間《しゅんかん》には興味津々《きょうみしんしん》といったふうに目を輝《かがや》かせた。自分とは違《ちが》い、ずいぶん表情筋が鍛《きた》えられているらしい。

「幸大は、なつきの弟の虎太朗と仲がいいんだよ」

「なつきと優はお隣《となり》同士なので、たまに顔を合わせたりとかしてて」

芹沢先輩のあとを引き継《つ》ぎ、望月先輩が補足する。

ふたりの説明に、先生は「へえ」とたのしげに口角を持ちあげた。

「俺と春輝みたいなもんか」

「正確には、俺と虎太朗、それと雛の立ち位置が同じなんだけどな」

(ということは、芹沢先輩のきょうだいと明智先生が友人だったのか)

意外なような、なんだかしっくりとくるような関係だ。

そんなことを思っていると、ふいに芹沢先輩と視線がかちあった。


「幸大はしょっちゅう会うわけじゃないけど、甥《おい》っ子みたいなもんなんだよ。な?」

「はあ、まあ」

先生にしたように生返事をすると、芹沢先輩の横で望月先輩がふきだした。

「甥っ子って……! そこは弟みたいなものでいいんじゃない?」

「だね。ホンモノの弟よりしっかりしてて、お姉ちゃんはうれしいなあ」

うんうんと榎本先輩が大きくうなずくたび、頭のお団子も一緒《いっしょ》になって揺《ゆ》れている。

「というか、姉よりしっかりしてないか?」

「ちょっと優、そういうことは思ってても言わないでよ！」

真面目《まじめ》な顔でまぜっかえす瀬戸口先輩の肩を、榎本先輩がぽかぽかと叩《たた》く。

これも、おなじみの光景だ。

「ところで明智先生、いいものってなんだったんですか？」

笑いをこらえながら、望月先輩が尋《たず》ねる。

「あ、そうだった。実はさ、次の校内新聞の原稿《げんこう》がそろったんだよ」

「えっ」

思わず、声が出た。

先生の言う「いいもの」の正体以上に、自分が書いた原稿が含《ふく》まれていることに驚《おどろ》いてしまったのだ。

「今回も力作ぞろいで、顧問の俺も鼻が高いよねー」

あっけにとられている間に、先生が鼻歌をうたいながら机の上に原稿を並べていく。

出力済みの写真も横に置かれると、早坂先輩が「わあ！」と声を弾《はず》ませた。

「なっちゃん、弟くんが載《の》ってるよ！　ほら、ここ」

「どこどこ？　あ、ホントだ！　しかも写真大きくない？」

「期待の新星だって、すごいねえ」

合田先輩の言葉に、榎本先輩が「うん、うん」と大きくうなずく。

（よかった。榎本先輩、うれしそうだ……）


「今回の特集は、山本が担当したんだよ」

「ちょ、明智先生……！」

突然《とつぜん》のタネ明かしに、先輩たちの視線が一気に集まる。

「すごーい！　これ書いたの、山本君だったんだ」

「……ちょうど順番が、回ってきたので」

榎本先輩の顔がまぶしくて、幸大はとっさに視線を床《ゆか》に落とす。

前後して、芹沢先輩の不思議そうな声が聞こえてきた。


「にしても、めずらしいな。この時期の校内新聞って毎年、三年を特集してなかったか？」

「あ、それは……餞《はなむけ》とか、そういう感じで……」

「ハナムケ？　って、この特集が？」

ついポカした言い方をしたが、かえってよくなかったらしい。

ふっと視線をあげれば、榎本先輩たちが不思議そうに顔を見あわせていた。


「ああ！」


真っ白になった頭に、望月先輩の声が響《ひび》いた。

「後輩《こうはい》がちゃんと育ってますよーって特集なら、僕らも安心だもんね」

「なるほど、そういうことか」

望月先輩の言葉に、芹沢先輩たちも納得《なっとく》した顔になる。

気まずさから解放されてホッとしていると、ふいに瀬戸口先輩が口を開いた。

「へえ、それいいな！　あ、でもこれ、新聞部の三年には秘密なんだよね？」

口ぶりからして、瀬戸口先輩は確信しているようだった。

(すごいな、どうしてわかったんだろう)

幸大は先輩の助け舟《ぶね》に乗る形で、ぺこりと頭をさげる。

「は、はい。なので、貼《は》りだされるまで内密にしてもらえたら……」

「安心して。誰《だれ》かさんがうっかり口を滑《すべ》らせないように、見張っておくから」

「……優、なんでそこで私を見るかな？　失礼だよ！」

両手を突《つ》きあげて抗議《こうぎ》する榎本先輩《せんぱい》に、瀬戸口先輩は一歩も引かずに笑顔《えがお》で言う。

「一昨日《おととい》、雛たちを驚かせたいから、ハニワ堂のプリンを買ったこと内緒《ないしょ》にしてくれって頼《たの》んだの覚えてるよな？　なのに、虎太朗にしゃべったやつがいたよな？」

「人間、パニックになると口が滑るものだよね。お互《たが》い気をつけなきゃだ！」


(先輩たち、これで打ち合わせしてないんだもんな)

ああ言えばこう言うを地でいくふたりからは、恋人《こいびと》らしい甘い空気は感じられない。

幼なじみでいる時間のほうが、はるかに長いからだろうか。


「なつきも優も、それくらいにしておけよ」

「まだ続けるなら、ふたりっきりになってからどーぞ」

芹沢先輩と望月先輩が、からかうように言う。

「ように」というか、ふたりの表情を見る限り冷やかし半分みたいだ。

次の瞬間、瀬戸口先輩と榎本先輩がそろって口をつぐんだ。

そんなところも息ぴったりで、芹沢先輩たちが「ぶはっ」とふきだした。

合田先輩と早坂先輩もつられたように、明るい声を響かせている。


(……そろそろ退散したほうがいいかな)

幸大はそれとなく視線をめぐらせ、目当ての人物をさがす。

明智先生はすでに幸大の隣から移動し、机に腰《こし》かけるようにして立っていた。


「先生」


すでに別の話題で盛り上がっている先輩たちの話をすり抜《ぬ》け、そっと声をかける。

先生は少し驚いた顔をしたけれど、すぐにいつもの笑顔に戻《もど》った。

「どうした？　って、焼き芋《いも》か！　ちょっと待ってな」

「あっ、いえ……」

幸大が止める間もなく、焼き芋はきれいに二等分されてしまった。

いまさら違《ちが》うとも言えずありがたく受けとってから、改めて本題を切りだした。

「先生のチェックが通ったことを先輩たちに報告しに行くので、僕はこれで」

「そっか。あ、ついでに高居《たかい》くんに、編集後記はまだか聞いておいて」

「わかりました」


小さく頭をさげ、幸大はそっと国語準備室をあとにする。

ドアを閉めた途端《とたん》、どっと笑い声が聞こえてきた。

(び、びっくりした……)

跳《は》ねた心臓をワイシャツの上から押さえ、廊下《ろうか》を歩いていく。

さっきまでのにぎやかな空間が嘘《うそ》のように、ただひたすらに静かだった。

(あ。望月先輩に、脚本《きゃくほん》のこと聞きそびれたな)


「そういえば、隣《となり》のクラスからもついに出たんだってさ」

翌日、三人そろって学食へ向かう途中《とちゅう》、シバケンが思いだしたように言った。

いったい、なんの話だろうか。

ちらりと虎太朗を見ると、彼も自分と同じように怪訝《けげん》な顔をしていた。


「出たって、何がだよ？」

「告白待機列に並ぶヤツらだよ。ほら、三年の早坂あかり先輩」

「こ、告白待機列？　なんだそれ」

目を丸くする虎太朗に、シバケンが「あれ、マジで知らない？」と質問で返した。

「僕もはじめて聞いた。早坂先輩が卒業する前に、せめて告白だけでもしたいひとたちが、列をつくってる……ってことであってる？」

「幸大くん、正解！」

「そんなのあるのかよ。早坂先輩って、めちゃくちゃモテるんだな」

虎太朗のため息まじりの言葉に、幸大もうなずく。

「駆《か》けこみ告白とか、されるほうは大変だろうね」

榎本先輩はともかく、早坂先輩と合田先輩とはあまり話したことがない。

昨日のように、偶然《ぐうぜん》顔をあわせた経験は何度かあったけれど、まともに会話をしたのは校内新聞用にインタビューしたときぐらいだ。

それでも、ふたりが「いいひと」なのは充分《じゅうぶん》すぎるほど伝わってきた。

告白を断るのは、相当な負担になっているはずだ。


「早坂先輩も、誰か一人くらいOKしてもいいのにな」

「そんな、シバケンじゃないんだから」


反射的に言ってしまってから、幸大はしまったと眉《まゆ》をひそめる。

これまでは来る者拒《こば》まずだったシバケンだが、最近はすっかりおとなしくなっていた。

どういう心境の変化があったのかはわからないが、それでも「チャラ男」を返上しつつある友人に向けて言うべきでなかったことはたしかだ。


「あの、ごめ……」

「な、なあ」

幸大の声にかぶせるようにして、虎太朗が口を開いた。

「どうかした？」

ふりかえると、虎太朗はいつのまにか立ち止まっていたらしく、少し後ろに立っていた。

急に具合でも悪くなったのか、なんだか顔が青白い。

「おーい、虎太朗ー？　聞こえてんのかー？」

シバケンも足を止め、虎太朗に向かって手をひらひらとさせる。

だが虎太朗はそれには反応せず、震《ふる》える指で廊下の端《はし》を指さして言う。


「あ、あそこ、なんかいないか……!?」

「どこだよ。わかるか、幸大」

「うーん、とくに何も……」

「いるだろ、男子トイレの柱の陰《かげ》に！」

「「あっ！　うわー」」

思わず、シバケンと声が重なってしまった。

虎太朗の指の先には、柱にもたれかかる望月先輩の姿があった。

口から魂《たましい》が抜けたように、ぶつぶつとつぶやいているのがわかる。かなり脱力《だつりょく》していて、手にした分厚い茶封筒《ちゃぶうとう》が、いまにも床《ゆか》に落ちてしまいそうだ。

（望月先輩《せんぱい》、相変わらずだなあ）


先輩のああいう姿を見るのは、今回で二度目だ。

はじめて見たのはＧＷ前、校内新聞用に美術部に取材をしたときだった。

取材を終え美術室を出ると、どこからか視線を感じ、幸大は何気なく周囲を見回した。

すると、いまと同じように、廊下の柱から望月先輩が顔をのぞかせていた。

（絶対また、早坂先輩絡《がら》みなんだろうな）


「ごめん。ちょっと用を思いだしたから、ふたりで先に行ってて」

言うが早いか、幸大は柱の陰へと駆け寄った。

耳をすましてみると、望月先輩がぶつぶつ言っているのが聞こえてくる。

「あかりんに告白？　しかも待機列……？」

「気づいてなかったんですか？　同じクラスですよね」

突然《とつぜん》話しかけたにもかかわらず、先輩からとくにリアクションはなかった。

それどころか、何事もなかったかのように答えが返ってくる。

「休み時間になると、ふらっと教室からいなくなるなとは思ってたけど……」

「いやそれ、めちゃくちゃ怪《あや》しいじゃないですか」

虎太朗やシバケンを相手にするときのように、容赦《ようしゃ》のないツッコミが口をついた。

だが先輩は怒《おこ》ることもなく、こちらの指摘《してき》に頭を抱《かか》えてうなりだす。

(早坂先輩が絡《から》むと、途端にこれだもんなあ)


しかし、彼がひとたびペンをにぎれば、読む者を圧倒《あっとう》するような文章が生まれる。

幸大がそのことに気づいたのは、やはり校内新聞の取材を通してのことだった。

紙面にはリレー形式で各部活を紹介《しょうかい》するコーナーがある。夏休み明け一発目の九月号は、映画研究部を特集することになっていた。

部員の数や活動スケジュールといった基本情報は、部長の瀬戸口先輩が書いたらしい。

そのほか「はじめて映画を撮《と》ったのは、いつですか?」「なぜ映画を撮ろうと思ったのですか?」といった踏《ふ》みこんだ質問は、芹沢先輩に宛《あ》てたものだった。

（けど芹沢先輩の答えが、ところどころ抽象的《ちゅうしょうてき》で……）
なんとなく意味は伝わるのだが、新聞記事としてまとめるには骨が折れた。
それでもなんとか書きあげてチェックをお願いしに行ったときに、「事件」が起きた。

『これ、僕のほうで少し手を加えてもいいかな？』
『あ、はい、助かります』

実際、望月先輩の申し出はありがたかった。
部外者の幸大ではアンケートに書かれた細かなニュアンスまで拾えていないだろうと思っていたし、本人たちに直してもらえばこの後のチェックの回数も減るからだ。

先輩はさらさらと赤いボールペンを走らせ、十分とかからずに原稿《げんこう》をさしだした。
お礼を言って受けとり、その場で原稿を読みはじめる。
だが最後まで確認《かくにん》し終わらないうちに、幸大はぼうぜんと顔をあげた。
修正された原稿は、自分が書いたものとあきらかにレベルが違《ちが》っていたからだ。
そんな幸大の反応をどう思ったのか、先輩は心配そうに聞いてくる。

『ご、ごめん！　やっぱり変だった？　元に戻《もど》す？』

『……いえ、こちらでいただきたいです』

『ホント？　僕のほうが先輩だからって、気を遣《つか》ってるんじゃ……』

『そんなこと！　あ、ありませんから、絶対』


とっさに叫《さけ》んでしまい、最後はもごもごと口を動かすはめになってしまった。

それでも先輩にはきちんと届いたらしく、ほっとした様子だった。


あの日以来、幸大は赤ペンが入った原稿をカバンにしまいこんでいる。

記事を書く手が止まってしまうとき。部長や明智先生から、なかなかＯＫが出ないとき。

そういうときはいつも決まって、望月先輩の「お手本」を読み返してきた。

もちろん、いきなり文章がうまくなるわけではないけれど、気持ちがだいぶ違うのだ。


そんな「お手本」を書いてみせてくれた望月先輩が、脚本《きゃくほん》の勉強をはじめたと知ったのは、偶然《ぐうぜん》図書室で鉢合《はちあ》わせしたときだった。

帰りに読む本がなくなってしまった幸大は、部活終わりにふらりと立ち寄った。

最終下校時刻間際《まぎわ》の図書室は、ほとんどひとがいなかった。

しんと静まり返ったなか、ふいに椅子《いす》が大きな音を立てて倒《たお》れた。

続けて『わかった！』という謎《なぞ》の大声が響《ひび》き渡《わた》った。

反射的に視線を向けると、そこには顔を真っ赤にした望月先輩が立っていた。


『あの、すみません、静かにします……』


か細い声で謝った先輩は、しおしおと萎《しお》れるように椅子に座った。

だが次の瞬間《しゅんかん》、猛烈《もうれつ》な勢いでシャープペンを走らせた。

一連の出来事についていけず、ぼうぜんとした周囲の視線が注がれ続けていたけれど、先輩はまったく気にする様子はなかった。すごい集中力だ。


と、先輩の肘《ひじ》に当たった紙が、はらりと机の上から落ちていった。

当の本人はやはり気づいていないし、最悪、このまま放置されてしまうかもしれない。

幸大は迷った末、足音を消して近づいていった。

床から紙を拾いあげ、そっと机の端《はし》に置こうとして……。

『あ、誤字』

『え？　どこどこ？　って、わあああああ！』

つい声にだしたために、驚《おどろ》いた先輩が叫んでしまった。

二度目となると周囲はもちろん、司書の先生の目も厳しく、幸大も一緒《いっしょ》に図書室から追いだされることになったのだった。

『すみません、僕が急に声をかけたから』

『そんな、山本君のせいじゃないよ！　僕がもっと周りを見てれば……あ、そうだ、拾ってくれてありがとう。全然気づいてなかったから助かったよ』

『いえ……。さっきちらっと見えたんですが、先輩が書いてるのって小説か何かですか？』

『やっぱり見えちゃった？　実はこれ、脚本なんだ。まだまだ下書きだけどね』

本当は、見なかったふりをしたほうがいいことはわかっていた。

ふれられたくない話題かもしれないし、虎太朗ほど先輩と親しいわけでもないからだ。

だが好奇心《こうきしん》に負け、気がつけば「読ませてください！」と頭をさげていた。


思った通り、望月先輩《せんぱい》の脚本はおもしろかった。

恋愛《れんあい》がテーマだったため、読みはじめたときはどうだろうと思っていたが、お気に入りの推理小説のようにページをめくる手が止まらなかったくらいだ。

だが残念なことに、脚本は未完成だった。

そのため完成したら一番に読ませてほしいと頼《たの》みこみ、今日までずっと待っていた。


先輩が手にしている茶封筒《ちゃぶうとう》の中身は、厚さからいって脚本の束だろう。

早く読みたい、続きが読みたい。

いまにも叫びだしそうな自分を抑《おさ》えながら、幸大はそっと声をかける。

「あの、望月先輩」

「やっぱり誰《だれ》の目から見ても、あかりんは可愛《かわい》いよね」

「はい？　ああ、そうですね」

「ど、同意がきたあああ！　まさか山本君も、あかりんのことが、す、すす」

「いえ、尊敬しているだけです。ところで望月先輩、例の脚本は完成したんですか？」

「えっ？　あれ、山本君……」


望月先輩は、ぱちぱちと目を瞬《またた》かせる。

心の中では「いつのまにそこにいたの？」と思っているに違いない。

驚異《きょうい》の集中力が、こんなところでも発揮されていたようだ。


「虎太朗が先輩を見つけて、それで」

だいぶ説明を省いて伝えたが、先輩は納得《なっとく》したようだった。

「あ、ああ、そうだったんだ。僕は、その、山本君に用があって……」

「その茶封筒の中身、脚本ですか？」

「そうそう。昨夜やっと完成したから、プリントアウトして持ってきたんだ。荷物になっちゃって悪いんだけど、時間があるときに読んでもらえたらうれしいな」

「ありがとう、ございます……」

先輩から受けとった封筒は、見た目よりも重かった。

ずっしりとした重みが手のひらに広がり、期待に鼓動《こどう》が跳《は》ねる。


「今日、このあと読みます」

「僕はうれしいけど、お昼ご飯は食べなきゃダメだよ？」

「じゃあ、食べ終わったらすぐに」

「あ、授業もちゃんと受けてね」

「……放課後になったら、一気に読みます」

「あはは！　うん、そうしてください」


望月先輩は照れくさそうに笑うと、「じゃあ、またね」と手をふって歩きだした。

向かう先は、同じ階にある学食だ。

（……早坂先輩のこと、探しにはいかないんだな）


ひとの心なんて、まして恋愛感情なんて、解析《かいせき》不能のブラックボックスだ。

これまでずっとそう思ってきたし、だからこそむやみに首をつっこまないようにしてきた。

けれど、このときはなぜか、そんなことが気になった。

その日、放課後のはじまりを告げるチャイムが鳴るなり、幸大は図書室へと急いだ。
窓際の一番奥まった席を確保し、脚本の入った茶封筒を開けた。

『ヤキモチの答え』

一枚目には、それだけが印字されていた。
はじめて見る単語だ。
最後まで書きあがったことで、タイトルが決まったらしい。
はやる鼓動を抑えながら、幸大はページをめくった。

最後の一行を読み終えたときには、蛍光灯《けいこうとう》の明かりがやけにまぶしかった。

硬《かた》くなった首を手でほぐしながら窓を見ると、すでに夕日は沈《しず》み、紺色《こんいろ》に染まった空には月が浮《う》かんでいる。

「うれしいな、もう読んでくれたんだ」


ほうっと息をついた瞬間《しゅんかん》、すぐ近くから声が聞こえてきた。

まだ物語の余韻《よいん》にしびれていた幸大は、一拍遅《いっぱくおく》れてふりかえった。


「……望月先輩⁉　あ、痛っ」

首がビキッと嫌《いや》な音を立てて痛みが走ったけれど、いまはそれどころではない。

「ごめん、急に声をかけたから……」

「いえ、大丈夫《だいじょうぶ》です。それより、いつからそこに？」

脚本《きゃくほん》を読んでいるところを見られたのだろうか。

いたたまれない気持ちに襲《おそ》われたが、幸いにも先輩は「ついさっきだよ」と笑った。

「資料用にってかりた本の返却《へんきゃく》期限が今日だったの思いだして、慌《あわ》てて駆《か》けこんだんだ」

「そう、だったんですか」

幸大がうなずくと、それが合図だったかのように会話が途切《とぎ》れた。

ひとつ椅子《いす》を空けて座っている望月先輩は、うつむき加減でじっと手元を見つめている。

（脚本に登場する人物にもそんな癖《くせ》があったな……）

少しだけ謎《なぞ》に近づいた気になりながら、幸大はゆっくりと口を開く。


「脚本、最後まで読み終わりました」

「あ、うん、ありがとう」

「先輩は……どうしてこの話を書いたんですか？」


読み終わって一番に浮かんだのは、そんな疑問だった。

望月先輩が書いた脚本は、現代の高校を舞台《ぶたい》にした恋愛《れんあい》ものだ。

その一方で、青春ものとしても読めるようになっていて、男女六人がすれ違《ちが》ったり、ぶつかったりしながら、自分の気持ちを見つめ直すというストーリーだった。

概要《がいよう》だけ聞けば、それこそ「よくある話」だろう。

けれど幸大には、この脚本が唯一無二《ゆいいつむに》の輝《かがや》きを放っているように思えた。

登場人物の誰《だれ》もがリアルで、同じ世界に生きているかのように感じられたからだ。

それこそ本当に、身近に存在しているように。


「この話を書いた理由、かあ……」

先輩は「うーん」とうなりながら、あちらこちらに視線をさまよわせる。

やがて答えが見つかったらしく、指先で頬《ほお》をかきながら言った。

「いまこの気持ちを文章にぶつけようって思ったから、かな。だから正直なことを言うと、はじめは誰にも見せる気がなかったんだよね」

「えっ……！」

初耳だった。

驚《おどろ》きのあまり絶句していると、先輩は言いにくそうに続けた。

「春輝は映画監督《かんとく》、優はプロデューサーっていう感じで、それぞれ専門分野があるんだよね。でも僕はずっと雑用係で、これ！　ってものがなかったんだ」

そう言って望月先輩は、カバンからクリアファイルをとりだした。

中に入っていたのは、数枚のメモだ。プリントアウトされた文字の上から、赤や青、緑のボールペンで何度も何度も書き直されている。

「だけどあるとき、目の前にあった脚本にいろんな気持ちをぶつけてみたら、すごく楽しかったんだよね。それでももっと書きたいなって思って……」

ボールペンの文字をなぞりながら、先輩が嚙《か》みしめるようにつぶやく。

幸大は何も言えずに、ただただ黙《だま》ってうなずいた。

「しばらく好き勝手に書いてたんだけど、山本君が読みたいって言ってくれたじゃない？　うれしかったなあ。それから読者を意識するようになって、結末もプロットから変更《へんこう》したんだ」

（ああ、そういうことだったんだ……）

どこか私小説のようにも読める作品だったけれど、いまの言葉で確信した。

作中に登場するのは望月先輩であり、先輩ではないひとなのだ。

　だから幸大は、あえて問いかけた。

「先輩《せんぱい》だったら、好きなひとには告白しますか？」

「うん。したよ」

「……そうなんですか」

「でもさ、こういうのってケースバイケースだから」

　先輩はふっと笑って、何かを数えるように指を折り曲げる。

「好きなひとを相手に告白の練習をしてみたり、望みがないってわかっているからこそ、相手に負担をかけないようにって告白しなかったり……」

　誰のことを思い浮かべているのかは、幸大にはわからない。

　だが先輩のおだやかな表情から、大切なひとなのだろうということが伝わってくる。

「ひとそれぞれだし、どれも正しいんだと僕は思う」

　きっぱりとした声だった。

まるで自分にも言い聞かせているような、そんな響《ひび》きを含《ふく》んでいた。

「……山本君って、なんだか自分と似てるなーって勝手に思ってたんだよね」

急に話題が変わり、幸大は半ば反射的に「はあ」とうなずいた。

どう続くのだろうかと思っていると、予想外の角度から球が飛んできた。

「人間観察とか好きだし、その延長で自分のことまで傍観《ぼうかん》する癖がついてるっていうか」

「！」

「あれ、図星だった？」

にやりと笑う先輩に、幸大は敵《かな》わないなあと苦笑《くしょう》する。

これまでずっと、自分は傍観者だった。

読書が趣味《しゅみ》で、人間観察が好きで、思ったことを好き勝手に言ってきた。

そんな自分も誰かの役に立っている、世界の一部なのだと気づかせてくれたひとがいた。

完全な傍観者などいない、自分の人生では自分が主役なのだと笑ったひとがいた。

二年後、自分はどんなふうになっているだろうか。

どんなふうになりたいだろうか。

幸大は、ぎゅっと手をにぎりしめた。


先輩たちの卒業式の日は、気持ちのいい青空が広がっていた。

式が終わり、体育館の椅子を片付けていると、ブレザーのポケットでスマホが振動《しんどう》した。

望月先輩からの電話だった。


『山本君、カメラ持って屋上に集合！』


それだけ言って、電話は切れた。

おそらく集合写真を撮《と》ってほしいのだろうが、なぜ自分なのだろうか。

不思議に思いながらも、幸大は取材用のカメラを取りに部室へと急いだ。

屋上には、いつもの六人がそろっていた。

榎本先輩《せんぱい》と早坂先輩は目が赤くなっていたけれど、カメラを見ると途端《とたん》に笑顔《えがお》になった。

「せっかくだし、みんなでなんかポーズとる？」

「私、なっちゃんと腕組《うで》みたいなあ……」

「もう、あかりはカワイイなあ！　いいよいいよ、いくらでも腕組むよ」

はしゃいだ声があがる一方、望月先輩はどんよりとした表情だ。

本人にたしかめるまでもなく、榎本先輩をうらやましがっているのだろう。

一連のやりとりを眺《なが》めていた瀬戸口先輩が、苦笑を浮《う》かべている。

「優はいいよね、余裕《よゆう》があって。なつきとは手をつなぎ放題だもんね」

「いや、そんなことは……」

「何なにー？　もちたってば、うらやましいの？」

榎本先輩がにやっと笑うと、早坂先輩が何か思いついたように手を叩《たた》いた。

「望月君と瀬戸口君も、手をつないだらどうですか？」

次の瞬間《しゅんかん》、沈黙《ちんもく》が落ちた。

榎本先輩はお腹《なか》を抱《かか》えて笑いだし、望月先輩は無言で空を仰《あお》いだ。

残る瀬戸口先輩が硬《かた》い笑顔のまま、早坂先輩に「な、なんで？」と尋《たず》ねた。

「カメラのフレームの問題です！　六人全員で入るなら、横一列は厳しいかなと思って。だから私たちが前で少し屈《かが》んで、瀬戸口君たちには後ろに立ってもらえたらなって」

（な、なるほど。一応理由があったんだな……）

幸大はカメラのレンズを調整しながら、こっそりと苦笑する。

露出《ろしゅつ》をあわせようと被写体《ひしゃたい》を探すと、少し離《はな》れたところに立つ芹沢先輩と合田先輩がフレームに映りこんだ。

ふたりの声は、ここまで届かない。

だが穏《おだ》やかな表情を浮かべているのが見えて、自然と幸大も口角がゆるんだ。

「はーい、みんな集合！　写真撮るよー」

榎本先輩のかけ声で、写真撮影《さつえい》がはじまった。

前列に榎本先輩、早坂先輩、合田先輩が、腕を組んだり手をつないだりして並んでいる。

後列には瀬戸口先輩、望月先輩、芹沢先輩が立った。

一枚、二枚、三枚……。

最後に望月先輩のスマホで写真を撮り、撮影会は幕を閉じた。

先輩たちはまだ名残惜《なごりお》しそうで、校庭を眺めたり、写真を眺めたりしている。

幸大は何も言わずに立ち去ろうと荷物をまとめたが、カバンの内ポケットに入れたままになっていた「あるもの」に気がつき、足を止めた。

「榎本先輩、ちょっといいですか。もしよかったらこれ、受けとってください」

「わあ、ありがとう！　アルバム？」

「はい。新聞部が撮りためてたやつです」

「すごい、こんなにたくさん……」

榎本先輩《せんぱい》はきらきらと目を輝《かがや》かせながら、アルバムに見入っている。

やがて、ページをめくる手が止まった。


「これって……」

「榎本先輩と瀬戸口先輩ですね」

あえて見たままを口にすると、榎本先輩がふきだした。

「ぶはっ。山本君、それ、そのまんまだよ～」

「はい、見たままです。先輩たちがふたりでいるときは、いつもこうですよ」

「……そうなんだ。私も、優も、こんな顔してるんだね」


自分の写真で、言葉で、しあわせそうな顔をしてくれた。

それだけでしあわせだと思った。

でも、本当は……。

ほかにも言いたいことは山のようにある。

まだ伝えられていないことだって。

だからありったけの想《おも》いをこめ、幸大はらしくなく大きな声で言った。

「先輩、ご卒業おめでとうございます」

257　山本幸大の場合

恋色に咲け

Text：藤《ふじ》谷《たに》燈《とう》子《こ》

Sota Mochizuki
Natsuki Enomoto
Akari Hayasaka

僕らは『未完成』だ。
こんな自分じゃイヤだって、変わりたいんだって。
心の中で叫《さけ》んでみても、いつも時間切れで明日《あした》がきてしまう。

毎日がその繰《く》り返しで。
気がつけば今日にも、高校三年間が終わろうとしている。

でも、本当にそうだったのかな？
ずっとダメなままだったのかな？

そわそわして、落ちつかなくて。
何かに急《せ》かされるようにして、僕は朝一番に家を出た。

気持ちのいい風が、恋雪の前髪《まえがみ》をふわりと揺《ゆ》らして通り過ぎていく。

数日ぶりの快晴だ。

中庭にも、春のやわらかな光が満ちている。

恋雪はベンチに座りながら、二年生が育てた色とりどりの花を眺《なが》めていた。

(瀬戸口さんたちがチューリップだったから、パンジーにしたんだ)


『先輩《せんぱい》、ご卒業おめでとうございます』


風に乗って、雛と虎太朗の声が聞こえた気がした。

ふっと目を閉じると、校庭の隅《すみ》にある花壇《かだん》がよみがえってくる。

黄色、オレンジ、赤、ピンクとキレイなグラデーションを描《えが》いていて、見るひとを楽しませようというふたりの心遣《こころづか》いが感じられるものだった。

『来年の文化祭には、絶対来てくださいよ』

ぶっきらぼうな声だったけれど、虎太朗はたしかにそう言ってくれた。

部活の「先輩」として認めてもらえていたんだとわかり、本当にうれしかった。

「ああ、ダメだ。思いだしたら、また涙腺《るいせん》が……」

恋雪は苦笑《くしょう》しながら、手の甲《こう》で目元をこする。

ひとはうれしいことがあっても泣くものなんだなと、回転の鈍《にぶ》くなった頭で思う。

(僕、まだまだ知らないことがいっぱいあるなあ)


「あれ、ゆっきー?　おはよう、ずいぶん早いんだね」


足音が近づいてきたかと思うと、ふいに背後から声をかけられた。

同じクラスの望月蒼太だ。

恋雪は最後にぐいっと目尻《めじり》をなぞってから、ゆっくりとふり返った。


「おはようございます。ちょっと花壇の様子が、気になって」

「あはは!　ゆっきーらしいね」

「もっちーこそ、どうしたんですか?」

「その質問、絶対聞かれると思った!　思ったんだけど、うーん……」

蒼太は苦笑しながら、恋雪のとなりに腰《こし》をおろした。

（あれ、座っちゃっていいのかな……？）

朝早くから登校してくるくらいだ、てっきり何か用事があるのだろうと思っていたが、どうやらそうではなかったらしい。

指先でマフラーをいじりながら、「うー」だの「あー」だのとうなっている。

「あの、僕に言いにくいことなら……」

「ち、違《ちが》うよ！　そんなんじゃなくてね、とくに用はないから、逆に説明しにくいなって」

慌《あわ》てた様子の蒼太が、手をぶんぶんとふりながら言う。

「昨夜《ゆうべ》は緊張《きんちょう》？　で寝《ね》つけなかったくせに、今朝は目覚ましのアラームが鳴る前に起きちゃうし、家にいてもそわそわしちゃって。だったらもう学校に行っとこうかな、みたいな」

「その気持ち、ちょっとわかります」

「えっ！　ゆっきーは部活でしょ？」

きょとんと目を丸くする蒼太に、恋雪は苦笑を浮《う》かべる。

「引退した身なので、僕の出番なんてなかったんですけど……」

「あー っ、そっか。でもその気持ち、ちょっとわかります」

眉毛《まゆげ》をへにゃりとさげながら、蒼太がさきほどの自分と同じ言葉を口にした。

「高校三年間、早かったなあ。このあと卒業式とか、実感わかないや」

そう言って蒼太が、ふっと空を仰《あお》いだ。

つられて恋雪も、雲ひとつない、青い青い空を見あげる。

「こんなにさびしいと思うなんて、入学した頃《ころ》は想像もしなかったな」

「……僕も、意外でした」

恋雪は、ひざの上に置いた手をぎゅっとにぎりしめる。


桜丘高校に入学した、あの日。

これからはじまる三年間を思い、恋雪はちょっぴり憂鬱《ゆううつ》な気分で体育館に並んでいた。

きっとまた、中学のときと同じことの繰り返しだ。

透明《とうめい》人間のまま、あっというまに三年間が過ぎていく——。

そんなふうに思っていたからだ。

(でも、いまは……)

「卒業するのがさびしいって思えるのは、しあわせなことですよね」

心から、そう思えた。

そのことがうれしくて、恋雪は自然と笑《え》みを浮かべていた。


「ゆっきー、いいこと言うなあ」

感心したように言う蒼太に、トンッと肘《ひじ》で腕《うで》を押された。

「ただの本心ですよ」

笑って言いながら、恋雪も軽く蒼太の腕を押し返した。

特別、何かをしたわけではないのに、くすぐったい気持ちになってくる。

(僕にも、友だちって呼べるひとができたんだなあ)


長い間、ひとりぼっちに慣れてしまっていた。

なのに心はおしゃべりで、「こんな自分好きになれないよ」と訴《うった》えてきて。

せめて堂々と夏樹の前に立てるようになろうと、メガネをコンタクトに変え、周囲の視線から守ってくれていた前髪をバッサリと切った。

すべてはあの日から、変わったのだ。

「僕さ、ゆっきーはすごいなって思ってたんだ。自分から変わったじゃない？」


まるで心の中を読まれたかのようなタイミングだった。

恋雪は驚《おどろ》いて、「えっ」と言葉を詰《つ》まらせる。

一方の蒼太は真面目《まじめ》な顔で、何かを数えるように親指を折った。

「見た目もそうだけど、あかるくなったよね。笑顔が増えたし、話しやすくなった」

「もっちー……」

「それに、園芸部！　たったひとりで引き継いだのに、いつのまにか部員が五人も増えてたよね。すごいよねって、優たちとも言ってたんだ」


（瀬戸口君も、見ていてくれてたんだ）

恋雪の視線の先には、いつも夏樹がいた。

そして彼女のとなりには優がいて、ふたりを遠巻きに見ているばかりだった。

自分はきっと、ライバルとは思ってもらえていないんだろうな。

そう感じていたこともあったけれど、そんなことはなかったのかもしれない。

少なくとも彼の視界に、自分は存在していたのだから。

「僕も、ぼんやりとは思ってたんだ。変わりたい、変わらなきゃって。せっかく好きな子と同じクラスになれたのに、まともに話もできなかったから」

なさけないよね、と笑う蒼太の姿は、どことなく以前の自分に重なって見えた。

恋雪は何も言えず、ただ黙《だま》ってうなずいた。


(もっちーの好きなひとって、早坂さんだよね)

クラス一、学年一とも言われる美少女で、性格もとてもやさしいひとだ。

恋雪の「変身」前と後とで態度が変わらなかった、数少ないクラスメイトでもある。

そんなひとだから、人気が出ないわけがない。

蒼太でなくとも、みんなの前で彼女に話しかけるのは勇気が必要だった。

「けど、もっちーも変わりましたよね」

お世辞などではなく、本音だった。

だが蒼太は自覚がないのか、ぽかんと口を開けている。

そんなところも、実に彼らしかった。


もともと蒼太はひとあたりがよく、よく気のつくタイプだ。

だがやさしすぎる面があり、周囲に気を遣《つか》うあまり、自分を抑《おさ》えているようにも見えた。

恋雪とは違った意味で、一歩ひいていたのかもしれない。


変わったのは、夏を過ぎた頃だっただろうか。

最初は、ささいな変化だった。

得意な国語以外でも、授業中に手を挙げるようになった。誰《だれ》かが困っていれば、自分から声をかける姿を何度も見た。笑顔が多くなったし、あかりとも話すようになった。


そうして冬休みが明ける頃には、彼女との距離《きょり》が縮まったように見えた。

ふたりの間に流れる空気が、やわらかくなったからだろうか。

直接、本人にたしかめたわけではないけれど、恋雪はそんなふうに思っていた。

「……僕、変わったかな？　ゆっきー、本当にそう思う？」

「はい」

視線をあわせ、恋雪は力強くうなずく。

すると蒼太は「そっかあ」と顔をほころばせ、鼻歌を歌いだした。

（この曲って……）

タイトルは忘れてしまったけれど、たしか恋の歌だったはずだ。

同級生の成海聖奈が出演しているＣＭのバックで流れているらしく、夏樹が「これいいね、なんかグッとくるよー」と言っていたのを思いだす。


「それ、タイトルなんでしたっけ」

「え？　うわっ！　もしかして僕、声に出しちゃってた⁉」

「あ、えっと、鼻歌程度ですけど」

恋雪の指摘《してき》に耳まで赤くしながら、蒼太がもごもごと口を動かす。

「僕もタイトル、ど忘れしちゃったんだけど……青春の歌だよね」

「……青春……」

同じ曲でも、聴《き》く人によって印象は変わるものだ。

だが「青春」という思いもよらない言葉に、恋雪は目を瞬《また》いた。


「あれ、想像してた曲と違《ちが》ってたかな？」

「いえ、同じだと思います。ただ僕、恋の歌なのかなって思ってて」

恋雪の説明に、蒼太は「なるほどね！」とうなずく。

「でもさ、恋をして、走りたくなって。誰かのために背伸《せの》びをしたり、明日《あした》すら見えないなって思ったり。世界は自分が思ってるより広いんだなーって気づかされたり……」

蒼太が歌詞をなぞるたびに、恋雪は何かが胸にストンと落ちていくのがわかった。

「そういうのって青春じゃない？」

「……そうですね」

まぎれもない自分の声が聞こえてきて、恋雪はぼうぜんと口に手を当てた。

頭で納得《なっとく》するより先にぽつりと声が出たような、不思議な感覚だった。

（そっか、僕もちゃんと「青春」してたんだ……）

「あの歌が人気なのは、誰もがきっと変わりたいって思ってるからなのかもね」

青空を見あげながら、蒼太が言う。

「カラオケで歌うと、これがまた気持ちいいんだー。昨日と同じじゃダメなんだって、突然《とつぜん》立ち上がって宣言するみたいで」

「……いいですね。僕も一度、大声で歌ってみたいです」

「ホント？　じゃあさ、今度ゆっきーも一緒《いっしょ》に行こうよ」

「ぜひ」

「あっ！」


恋雪がうなずくのと同時に、蒼太がいきなり叫《さけ》んだ。

ベンチから立ち上がったかと思うと、わたわたと髪型《かみがた》を気にしている。

(急にどうしたんだろう？)

視線の先を追うと、そこにはあかりの姿があった。

となりには夏樹と美桜がいて、遅《おく》れて優と春輝が歩いてくるのが見える。

この光景を見られるのも、今日で最後だ。

学校に行けば会える。いつでも話ができる。

そんな関係が、なくなってしまう。

(でも卒業は、さよならじゃないから……)

今日からまた、新しい関係をつくればいい。
心から願えば、きっといつだってリスタートできる。
明日をつくるのは、自分の想《おも》いだ。

「あっ、恋雪くん発見！　おはよー、今朝も早いね」

こちらに気づいた夏樹が、笑顔《えがお》で手をふってくれている。
恋雪も手をふり返し、ベンチから立ち上がった。

「もっちー、僕らも行きましょう」
「だね！」

恋雪は蒼太と並んで、軽《かろ》やかに歩きだした。

新しい、最初の一歩を。


僕らは『未完成』だ。

彼女の前ではカッコつけて「大丈夫《だいじょうぶ》」とか「守ってみせるよ」とかって言ってみるけど、声は震《ふる》えてるし、足なんかガタガタだったりする。

なさけないなあ。くやしいなあ。

自分の不甲斐《ふがい》なさに、何度も唇《くちびる》をかみしめてきた。

でも彼女の笑顔を前にすると、世界が違って見えた気がした。

いまはまだ根拠《こんきょ》のない自信でも、いつかホンモノにすればいいのかもって。

昨日の『嫌《きら》い』も、今日のやさしさも、心で鳴ったドキッて音も。

全部が全部、僕の心を動かす力になる。

僕らは『未完成』だから。
だから明日のことも、未来のことだって、決めつけなくっていいんだ。
手をつないで、君を連れ出そう。
まぶしい光の中へ。

HoneyWorks メンバーコメント！

感謝です。
Gom

Gom
HoneyWorks

恋色に咲け
小説化ありがとうございます。
あなたは何色に咲きますか？
ん(゜◡゜)？
shito

shito
HoneyWorks

ヤマコ
HoneyWorks

『恋色に咲け』
小説化ありがとうございます!!

春は期待も不安もあるけど
たくさんの想いを連れて前進し、
色んな花を咲かせて
いきたいですね!!
あと花粉症はつらいです…
ヤマコ

恋色に咲け 小説化
ありがとうございます!!
僕は情熱の赤が好きです。
素敵な青春を謳歌して下さい☆

cake

cake
HoneyWorks

ziro
HoneyWorks

恋色に咲け 何色
恋色 条件
恋色 年齢 関係ない

ziro

ろこる
Honey Works

色んな人の色んなお話がつまった、
恋色に咲け…！
切なさもあり、キュンキュンもあり、葛藤もあり、
こんな青春をすごしたかったなぁと思う
お話ばかりでした。　青春…いいね！

ろこる

恋色に咲け

恋って皆にとって何色
なんでしょうか。色んな色の
恋をしてください♡

モゲラッタ

モゲラッタ
Honey Works

サポートメンバーズ！

みなさんが夢や目標に向って
真っすぐつき進めますように。
それぞれの色（個性）を磨いてね。
恋色に咲けぇぇぇ〜!!!

AtsuyuKi

「恋色に咲け」.....
一体どんな色なの....
きっと素敵な色なんだろうね....♡
たくさん読んでね！

Oji

Atsuyuki
Honey Works

Oji
Honey Works

Who's next?

「告白予行練習　恋色に咲け」の感想をお寄せください。
おたよりのあて先
〒102-8177　東京都千代田区富士見2-13-3
株式会社KADOKAWA　角川ビーンズ文庫編集部気付
「HoneyWorks」・「藤谷燈子」先生・「香坂茉里」先生・「ヤマコ」先生
また、編集部へのご意見ご希望は、同じ住所で「ビーンズ文庫編集部」
までお寄せください。

告白予行練習《こくはくよこうれんしゅう》
恋色《こいいろ》に咲《さ》け

原案／HoneyWorks　著／藤谷燈子《ふじたにとうこ》・香坂茉里《こうさかまり》

角川ビーンズ文庫　19696

平成28年4月1日　初版発行
令和7年5月10日　22版発行

発行者――山下直久
発　行――株式会社KADOKAWA
〒102-8177　東京都千代田区富士見2-13-3
電話 0570-002-301（ナビダイヤル）
印刷所――株式会社暁印刷
製本所――本間製本株式会社
装幀者――micro fish

ISBN978-4-04-103839-0 C0193 定価はカバーに表示してあります。

角川ビーンズ文庫
スキキライ
超人気!! キュンキュンボカロ曲制作チーム♪ HoneyWorks楽曲が物語となって登場!!
原案/HoneyWorks
著/藤谷燈子
イラスト/ヤマコ
大好評発売中!!
illustration by Yamako
© Crypton Future Media, INC. www.piapro.net piapro

圧倒的支持!
40mPが贈る
最高に泣ける片恋ソング、
自身による小説化!
好評発売中!!!
KARAKURI
からくりピエロ
PIERROT
40mP
イラスト/たま
『君の中できっと僕は、道化師なんでしょ』　美術部の先輩・悠人の絵のモデルを引き受けた美紅は、彼に片想い中。思い切って告白すると、「あと一年、待ってほしい」と言われる。悠人の本心が知りたい美紅だけど…!?
© Crypton Future Media, INC. www.piapro.net

角川ビーンズ文庫
脳《のう》漿《しょう》炸《さく》裂《れつ》ガール
nou shou sakuretsu girl
原案:れるりり
著:吉田恵里香
イラスト:ちゃつぼ
第1~6巻
大好評
発売中!!
ニコニコ動画で関連動画再生数
4000万超えの神曲、小説化!!
高校生の市位ハナは、目を覚ますとクラスメイト達と檻の中にいた。そこでハナは、ケータイを使った命がけのデス・ゲームに参加する事に!! ハナは同じ名前で正反対の性格を持つ、憧れの同級生・稲沢はなと共に、ゲームに挑んでいくが——!?
●大好評既刊●
①脳漿炸裂ガール ②脳漿炸裂ガール どうでもいいけど、マカロン食べたい
③脳漿炸裂ガール だいたい猪突猛進で ④脳漿炸裂ガール チャンス掴めるのは君次第だぜ
⑤脳漿炸裂ガール さあ○○ように踊りましょう ⑥脳漿炸裂ガール 私は脳漿炸裂ガール
以下続刊 文庫/A6判/本体:各580円+税

厨《ちゅう》病《びょう》激《げき》発《はつ》ボーイ
chubyou gekihatsu-boy
原案★れるりり
(Kitty creators)
著★藤並《となみ》みなと
イラスト★穂嶋《ほしま》
(Kitty creators)
★ボカロ神曲
『脳漿炸裂ガール』のれるりりが贈る、
超異色青春コメディ!!★
野田

角川ビーンズ小説大賞
原稿募集中！
君の"物語"がここから始まる！
角川ビーンズ小説大賞がパワーアップ！
https://beans.kadokawa.co.jp
詳細は公式サイトでチェック!!!
【一般部門】&【WEB テーマ部門】
賞金 大賞 100万円
優秀賞 30万円
他副賞
締切 3月31日
発表 9月発表（予定）
イラスト／紫　真依